표류하는 흑발

표류하는 흑발

김이듬 시집

민음의 시

239

민음사

바람 불었고 나는 움직였다

2017년 가을
김이듬

차 례

1부
이 신음이
노래인 줄
모르고

밤의 거리에서 혼자

밤을 향해 가고 있었다 길고 좁고 어두운 길에 사람이 엉켜 있었다 포옹인지 클린치인지 알 수 없었다 둘러 갈 길 없었다 나는 이어폰 빼고 발소리를 죽였다 팔꿈치를 벽에 대고 한 사람이 울기 시작했다 야 너무하잖아 지나는 사람 붙잡고 물어보자 누구 말이 맞는지 가려보자며 다른 사람이 소리쳤다 멈칫 둘러보니 행인이라곤 나밖에 없었다 난 긴장하며 고개 숙여 기다렸다 이 순간 내가 저들의 생에 중대한 판단을 내려야 하나 보다 원투 스트레이트 촌각의 글러브가 심장을 쳤다 가로등 밑에서 편지를 읽던 밤이 떠올랐다 달은 바다와 멀리 떨어져 있지만 그렇게 씌어 있던 우린 이어지지 않았다 그 젊은 연인들은 나한테 접근하다가 둘의 그림자만 거죽처럼 흘리고 갔다 얘들아 나도 불가피하게 사람인데 너무한 거 아니니 그들이 사라져 간 골목 끝에서 나는 신보다 고독했다

젖은 책

물이 차오르는 거리를 걷는다 저녁은 암청색 방수포를
씌운 트럭처럼 나를 앞지른다 어두컴컴하고 좁은 골목 이
길이 맞나 저지대의 내 방은 만조가 아니어도 미온의 물에
잠겨 버리고 새로이 나는 집을 찾아 헤매곤 한다

외투는 문턱에서 벗을 것 가슴에 금을 그으며 오늘의
수위를 확인한다 사람은 누수한다 동시에 모두가 눈을 깜
빡였다면 내 침대는 눈물에 떠내려가지 욕조 안에 넣어
둔 책들은 젖지 않았다

물에 뜬 책상 앞에서 물에 뜬 의자에 앉아 나는 장화에
담긴 물을 마시듯이 글자를 적는다 묶어 놓은 편지 다발은
눈물로 가득 찬 얼굴 진정하지 않는 너의 고양이가 젖은
책의 젖가슴 위에서 떤다

간주곡

어둠이 다시 퍼지면
너는 방에서 나온다
골목에서 기다릴게

저만치 네가 걸어오는 복도 내려오는
계단 불빛이 켜졌다가 꺼지는 동안
몇 개의 건반으로 만든 무한한 음악이

너와 걸으면 내 몸에서 리듬이 분비된다
느리고 평안하게
차가워져

마치 이 세상에 다시 올 것처럼
그때는 드러내어 사랑할 수 있을 듯이
몇 줄의 소리로 온 세계에 알릴 듯이

왜 넌 나를 선생님이라 부르는 거니

밤의 카페에서 책에 홀린 너를

그 둘레를 감싼 따뜻하고 투명한 막을

마치 내 몸이 내 몸인 것처럼
마치 우주를 느끼는 것처럼
소름과 시름 따위 구름이라고 불러도 되는 것이다
썰렁하지

우리 사이에 흐르는 빙수
검은 건반 아래 새하얀 날의 살결

얼음이 녹기 전에
긁는다 숟가락은 왜
손가락이 아닌가 부딪친다
간신히 나는 희박하게 우리는 있다
스테인리스 드레스 팬시 성에 다이아몬드 결빙 만발한
정원
유리창 너머
손을 들어 흔드는 너

나는 간주된다 울리지 않는 전축
이 신음이 노래인 줄 모르고
마저 이 세상을 사랑할 것처럼

오월의 오후

너의 뒤에는 바오바브나무가 있다
배경이라고 할까

희고 조그마한 천이 새 모양으로 접혀 있다
우리는 과자점 테이블 앞에 마주 앉아
서로의 비밀을 말한다

나는 비밀보다 비닐에 싸인 너의 우산이 좋은데
귀띔보다 귀에 입맞춤이 좋은데

너의 뒤에는 바오바브나무가 있다
배후라고 할까
비애라고 할까
비밀을 말하고는 마음이 깃털이 되면
테이블은 영원할 것처럼 희고

바바브브한 기분이 들겠지

비읍은 고장 난 창문 같아

금방 사라지는 것들만 창문으로 들어온다

냅킨 위의 두 개 스푼처럼
우리가 흰 침대 위에 누웠다 더 차가워져 일어났던 날
우리는 실수를 저지르지 않았고
나빴다

나의 뒤에는 바오바브나무가 없다
나는 너무 많은 페이지와 데이지들 마지막 나무까지 봐
버렸다
　배경으로 커다란 거울이 있고 우울한 사람들이 다디단
과자를 고르고 있겠지

네 비밀을 알고 나면
나는 더 이상 네게 발꿈치를 들지 않을까

아이스크림에 빠진 핑크색 스푼이라고 할까
머리가 크고 나쁘지
우리는 창문이 있는데도 문으로 출입한다

게릴라성 호우

거리의 비는 잠시 아름다웠다
위에서 보는 우산들은 평화로이 떠가는 잠깐의 행성이
된다

곧 어마어마한 욕설이 들려오고 뭔가 또 깨고 부수는
소리
옆집 아저씨는 일주일에 몇 번 미치는 것 같다
한여름에도 창문을 꼭꼭 닫을 수 있는 집에서 살고 싶다

나는 오늘 한마디도 안 했다
유통기한이 지난 우유를 마시면서 아아 했지만
무언가가 부서지는 소리는 말이 아니니까
홑이불처럼 잠시 사각거리다가 나는 치워질 것이다
직업도 친구도 없는 사람처럼 느껴지는데
훌륭하다는 생각도 했다

작은 배드민턴 라켓 모양의 전자파로 모기를 죽였다
더 죽일 게 없나 찾아보았다
호흡을 멈추면서 언제까지나 숨 쉴 수 있다는 듯이

자정 무렵 택배 기사가 책을 갖고 왔다
그것이 땀인 줄 알면서 아직 비가 오냐고 물어봤다
내륙에는 돌풍이 불어야 했다

굳이 이 밤에 누군가가 달려야 할 때
너를 이용하여 가만히 편리해도 되는지
내 모든 의욕들을 깨뜨리고 싶다

불우 이웃

나는 침묵을 말하기에 이르렀다

지지대 없이 나무는 서 있었다
먼지 앉은 의자가 숲에 있었고 벌레가 많았다
두고 보자고 했다 불필요한 짓이며 불가능할 거라고

소리 없이 콜드브루 커피를 주문할 수 있다
문 앞에 생필품이 놓인다
기분이 없다

어제는 나갔다
말하지 않았다
기억나는 부분이 별로 없는 영화를 봤다
배의 무게를 줄이려고 국적 다른 군인, 같은 부대원이
아닌 동료 순서로 추방하는 장면 정도
지금 나는 나흘 만에 입을 연 인물로서 버벅거리며 늘
어놓지만
아끼는 소장품 경매로 이웃에게 의미 있는 일을 할 거
라는 문자를 받았지만

오버사이즈의 옷과 죽은 시계, 소라 껍데기를 챙겨 늘어놓아 봤지만
속 없는 물건들에 애착하는 것 같아 접었다

그날 저녁의 공원에서 벌레들을 죽이며 우리는 우리의 계획을 지지하거나 후원하는 이 없음에 관해 한탄하거나 분노하지 않았다

나는 침묵과 고요를 말하기에 이르렀다
지금은 묵언수행 중입니다
거듭 강조하던 어린 불자처럼
관광객 붐비던 가을 산사처럼

말없이 침만 삼켰다
혼자인데 몇 분이냐고 묻는 식당에서 나와 고기 냄새를 맡았다
이제 속으로 지르는 비명은 그만두자
젊은 날 일찌감치 절필한 제롬 데이비드 책을 흘려 보다가 생각한 건 아니다

사용량 거의 없어 빈집인지 확인차……
전기 검침원은 내 얼굴을 보자 입을 다문다

방부제 방습제 살균제 냄새
냉장 냉동 장치가 웅웅거리는 소리
그럼에도 불구하고 벌레처럼 번지는 고독을 인용하는 독
거인은 파르르 떠는 곤충과 교감하지 않는다

이들은 최선을 다하기에 무능하고 징그럽다는 소리를
듣는 것 같다

말도 비명도 죽인 채
나는 시체 안치소 직원처럼

자존심

차를 얻어 탔다
나는 뒤에서 논다

신호대기에 걸렸다
한꺼번에 여름이 갔다

대장간에 칼이 논다
이때 '논다'의 말뜻은 '귀하다'라고
라디오에서 디제이가 말한다

신나게
내 안의 앙상한 신들이 튀어나올 정도
노는 년은 아니어도

사랑받지 못하여
끝나는 계절은 없다

물 위의 잠

신발은 부두에서 벗고
짐이 되는 물건들 바다에 던졌다

배에 올랐다
뛰어들었어야 맞나
맞거나 옳다는 게 싫은 거추장스런 짐

파도 위에 내리는 비
몇 방울의
환승

선미 쪽 유리창에는 온통 물방울

파란은 몽상
바람과 조수의 흐름에 출렁이는 잠

잔잔한 바다에 배를 세웠나 보다
곳 아래 꿈

배 몰아 네 문턱 가까이
억세풀 마당 가득히
범람하는 파도

햇빛이 부서지며
비까지 올 때
여우비라 부르지 말자
넌 그랬어
좀 더 들어와

굴 속에 토끼가 있다면
글 속에 저자가 있다면
마당에서 사르르 녹는 생선

내장들 바다에 쏟아부었다
파도
파도
어루만져도
모래 눈 코 입

각얼음

낮이 긴 날이다
태양이 가장 높이 뜬 정오다
유월인데 로스앤젤레스에 폭설이 내렸다
내가 측량한 사실은 없다
말을 옮기지만 이어 가기 싫지만

대낮은 모서리를 맞대어 녹고 있었다
각지고 좁은 방에서 우리가 등을 붙이고 자기도 했지만
너는 이제 유연하게 조언한다
차갑고 강한 것이 아름다워

각얼음과 각얼음은 서로 잘 붙는다
누구든 바람을 만들 수 있다
얼음이 든 컵에 콜라를 따르고 나는 뺨을 부풀린다

투명하게 안이 보이는 가게는 주로 숍이라고 부르고
가파르지 않은 길가에 있다
테이블 아래 한 소녀가 웅크려 있다
의자에서 늘어진 손님의 발을 만지며 발톱을 꾸며 주고

있다
있다는 발음이 남기는 입술 와이어

사랑하지 않아도 우리는 누군가의 손바닥에 발을 올린다
휘어진 언더웨어 같아
전철역 입구에서 서로 앞발을 흔든다
무표정엔 정말 표정이 없을까

서늘한 사람들이 지하에서 몰려온다
아이스박스에서 쏟아진
딱딱한 체감으로 이어진다 모두
탁한 대기처럼
결국에는 심연으로 통한다는 듯

평범한 일생

나무에게서 나무 냄새가 난다
유칼립투스와 내가 닿았다

나는 작은 숲을 가졌고 나무는 느리게 자란다
뾰족하고 부드러운 나무는 자기가 공기를 바꾸는 줄 몰랐다
대들보나 재목이 되고 싶지 않았다

사람의 꿈은 한층 더 사람으로 살다 죽는 것일까

꽃들이 졌다
이제 층층나무에게서 층층나무 냄새가 나고 나무는 모든 잎사귀로 소리와 향기를 발산한다

가장 무성하고 푸른 시절에 관료들이 왔다
토목공사 현장으로 죽음의 강으로 그루터기를 베어 갔다
전문가란 이들이 숲을 뒤지고 검열해서 오렌지 빛 바다로 군대로 먼 타국으로 싣고 갔다

나는 소멸할 것처럼 작은 숲을 가졌고 내 발목을 심은 곳에 친구의 발목도 있다

너는 말했다 아이도 낳아 보고

늙어서 죽었으면 좋겠어

불타거나 베이지 않고 자연스레 수명을 다해 죽은 나무를 본 적 있니?

보호수로 지정되어 관리받는 고목 말고

폭우가 내리던 밤에 우리는 고시원 옥상에서 나무처럼 서서 죽는 시늉을 해 보았다

우리가 떨어진 데는 낙하산이 많았을 거라고 했다 붙으면 코스타리카 원시림에 가자

먼 데서 온 가로수들이 비바람에 몹시 불안했다

우리가 쓴 자기소개서에는 큰 우리 냄새가 났고

몇 번 죽어 보면 살아날 수 있다고 했지만 영원히 살 것 같은 기분에 두려웠다

살아 있는 시체들의 낮

메리는 기괴한 아기를 낳았고 끔찍하게 우는 그 애를 버려두고 한밤중에 나갔다 참을성 있는 여자네 베란다에서 멀리 던져 버리지 않은 것만 해도 놀랍잖아 죽겠다 정말 결혼한 뒤 시니컬해진 언니가 말한다 아직 너 생리해? 난 일찌감치 끝났어 평생 쓰고 죽어야 하는 난자 수가 정해져 있대 그거 아냐고? 총량의 법칙 남용했나 봐 이젠 쥐어짜도 눈물이 안 나 근데 억울함과 노여움 찌꺼기는 여태 남았는지

우리는 일생 동안 몇 리터의 눈물을 흘릴까

잔혹하면서 엽기적인 영화들만 모아 보던 날들이 있었다 하루라는 물질의 신장력이 좋았던지 시간이 쭉쭉 늘었다 줄었다가 했다 주류에 대항하는 에너지가 내게도 있던 시기였다고 믿는다

이젠 카페에서 뉴스나 검색한다
마음의 수렁에서 수류탄이 터지긴커녕
신호를 기다린다 굳은 심장으로

진동벨이 부르르 떨기까지

　인간은 일평생 죽겠다는 말을 몇 번이나 할까 아파 죽겠고 그리워 죽겠고 미치고 싶은데 미쳐지지 않아서 죽겠다는 말까지 그 횟수를 채우면 목이 툭 부러진다면

저 사람은 종이에 쓴다
사라져 가는 편지라는 형식으로
순간 멈추고 갸우뚱하다가
볼펜 몸체를 돌려 심을 빼 보고 도로 넣는다
멍하니 있다
편지지 맨 위에 인쇄된 꽃과 문구
꽃: 키스 해링의 꽃 그림
문구: 당신이 있어 / 행복합니다
이렇게 시끄러운 카페에서
펜으로
손으로
괴생물체처럼
인형 같은 속눈썹

연장하지 않았어도 예뻤을 것 같다

사랑한다는 말은 해 본 사람이 더 많이 한다
사랑의 총량은 말로 소모될까
잔인한 인간의 친절을 생각한다

계속 쳐다보는데 저 이는 내 시선을 눈치채지 못한다
현실의 플러그를 빼고 멍 때릴 때
혹은 번아웃
당신은 중력 바깥에 있다
관측할 수 없는 물체처럼 폐기된 가설처럼
깜빡거리는 더미는 잠시 의자에 앉혀 두고

마카롱

한창 차를 몰아 달리고 있었다
더 밟아, 눈과 입술이 새빨갛게 부은 언니가 말했다
어디 가는데? 대체 왜 이러냐고?
눈이 내리고 있었다
미끄러운 도로에 백합 같은 짐승이 죽어 있었다

유턴하지 않으면 시간의 빙판 너머 가는 수가 있다
최소한은 천천히 멈추거나
내가 아는 한에서는 그렇다
새는 울지 않고 날아갔다
우리는 큰 하수구가 있는 갓길에 앉아
나는 하늘을 보고 바닥은 언니가 보았다

저기 시체가 있어, 언니가 하수구 아래를 가리켰다
휴대전화 플래시를 켜서 비춰 보았다
놀란 눈으로 검은 웅덩이를 보았다
우리는 반 토막 시신도 목격할 수 없었고
진흙 더미에 고인 폐수도 달빛처럼 마를 것을 알았다

나는 차를 몰고 오며 이천만 원을 고민했고
라디오 주파수를 못 잡는 언니를 한심하게 생각했다
백단향 파는 데를 아니?
그게 뭔데? 뭐에 쓰려고?
사소한 얘기로 시작했지만 사회 문제로 흘렀고
별생각 없이 펼쳤는데 모든 페이지가 끔찍한 스토리였다

나는 기억하지 않는다
급하게 멈출 거면서 발끝까지 뿌려지던 눈발과
미세먼지처럼 스며들던 기분 나쁜 음악이나 말하지 않
는 공포
그러나 울고 난 이후의 표정이 좋았다

새하얀 코트 자락으로 얼굴을 감싸고 그녀가 잠들었다
깃털 속에 부리를 처박은 닭처럼
내 우정이 날개처럼 퇴화하여서 날아오르게 할 수는 없
지만 마른 목을 감쌀 수는 있겠지
바닐라 색 우주선을 탔다고 상상했다
우주선이라도 내가 몰아야 했고 그것은 이미 내 혀에

생겼다

여기 사람 아니죠

북국 해변 아니다
유럽식 전원주택 거리를 걸어 봤다

그는 말했다
텔레비전에 나왔던 유명한 동네죠, 한끼줍쇼, 그 프로
봤어요?
대뜸 문 두드리는 건 무례한 일 아닌가요? 태곳적에나
가능했을 일인데

텔레비전도 보며 살아야 대화가 된다고 했다
근처에 푸른 얼음 떠다니는 인공 호수가 있지만
볼수록 이상하고 염세적인 여자라며 여기서 이만 안녕
하자고 했다

더 야위고 더 창백한 여자가 서 있다
이상하게 가게 거울들은 수척히 반영한다

어디서 왔어요?
외투를 벗으라 하며 미용사가 물었다

외국에서 자주 듣던 말에 뭐라고 대답해야 할지 우물쭈
물하는데
　머리를 자르면 긴 얼굴이 더 길어 보일 거라고 했다

　사투리를 쓰면 웃는 사람이 많다
　진주 가는 건데, 꼭 지방 내려가느냐고 묻는 사람이 많다
　산이나 천당처럼 지대가 높은 곳도 아닌데 서울 올라오
라고들 말한다

　터미널에 도착했다 집에 다 와 간다
　택시 기사가 묻는다
　손님, 처음 왔어요? 여기 사람 아니죠?

2부
우리들을
사랑으로부터
구하소서

마지막 미래

해가 진 후 걸었다. 잔잔한 저녁이었고 라일락이 보랏빛 구름처럼 번졌다. 그 정원 가까이에서 내가 나른하게 향기에 젖었을 때, 현관문이 열리고 성큼 한 남자가 나왔다.

실제로 만나는 것만이 제대로인 만남인 시대는 두 번 다시 오지 않을 거야. 네가 그 말을 했을 때 나는 그럴 리 없다고 했다. 공격하면 끄고 편히 숨 쉬면 된다. 담배를 끊는 마지막 세대, 죽은 이를 기억하며 낭독회를 하는 마지막 몇몇.

뜨거운 숯을 들고 오는 사람은 더 이상은 없을 거라고, 한 세계는 끝났다고 했다. 너는 고기 구워 먹는 사진을 첨부했다. 나는 그럴 리 없다고 했다. 봄가을도 사라지고 드넓게 펼쳐진 거리 어디에도 공중전화나 우체통은 없을 거라고 했지만

글쎄, 나야말로 교복을 입는 마지막 세대일 거라고 예상했지만, 우리 세대 이후에는 아무도 바느질 같은 건 하지 않을 거고 비디오테이프도 사라질 거라고 했지만…… 그러

나 여전히 나는 세상과 동떨어진 말을 하는 걸까? 밤이 오는데 피신하던 일은? 산사태와 해일이 있었다. 귀뚜라미 소리가 바다 속에서 폭풍의 신처럼.

나는 그럴 리 없다는 말을 매일매일 한다. 차차 더 크게, 어제는 강남역에서 소리쳤다. 가슴속에서 불타는 바위가 흰 재가 될 때까지. 머리 위로 떨어지는 사람들을 피해 가며.

내가 한 발짝만 더 그 정원에 접근했다면, 버지니아 주의 사우스밴드에서 나는 그 집 남자가 쏜 총에 맞아 합법적으로 죽었을지 모른다. 몇 안 되는 주민이 아니므로 늙은 흑인에게도 일어났던 일.

재난이 올 때마다 곧 잊히겠죠, 나는 그럴 리 없다고 말하면서 확신한다. 실패는 뭐하게요? 바늘 찾지 말고 수선집에 맡겨요, 기왓장에 이름을 쓰지 마세요, 할머니, 탕, 손수건이나 엽서 대신 엽총 한 자루 들고 애인을 만난다. 너무 사랑해, 탕, 뭐? 헤어지자고? 탕탕. 초목과 새를 향해 마지막 세대이기를, 자식 사지를 짓찢어 산과 바다에 묻는 정부의 미래에 곧 우리는 침착해지나.

 실제로 만나는 것만이 제대로인 만남인 시대는 두 번 다시 오지 않을 거야. 실물로 오가는 세계는 끝난 걸까? 마지막 낭독회일까? 새가 없는 밤 나는 너를 먼 어둠 속에서 보았고 매일 마주 본다. 바탕 화면으로 보는 라일락 정원이 훨씬 정취가 있다.

표류하는 흑발

우리들을 사랑으로부터 구하소서
— 수잔 브로거

국자에 삐끔한 쇠옹두리가 걸린다 꽤 곤 뼈에는 터널이
있다

굴다리 아래 애 업은 여자가 뛰고 있었다 포대기에서 두
상이 떨어졌다 내게 굴러왔다 무심코 발로 차 강으로 보냈
다 거지 여자는 미친년이었고 여전히 뛰고 있었다

아저씨네 앞마당에서 암소가 울었다 더 짧게 교복 치마
를 접어 올렸다

뼈를 보내왔다 발신자 얼굴은 모른다 배 잡고 웃었다 앙
상한 다리 부풀어 오른 배 위에 뱀 무늬로 터진 피부가 있
다 우는 개구리 잡아먹고 싶다 어두워지기 직전에 여름이
있다

체질이 바뀌었다 사랑하는 엔트로피 과다한
바닥과 수평이 되면 두려움이 주는 매력에 사로잡힌다
사색(死色)은 예쁜 색

갓난애는 실금 많은 혼혈아 달 무늬보다 수평선보다 멀
리 금을 그었다 그 애는 우유 나는 시리얼 함께 살 수 있

었을까 잠재된 푸른 눈은 발아하고 다른 형상은 차차 장대
한 망각으로 가기를

　병원비만 내 주세요 인터넷 거래는 쉬웠다 최소한의 지
문도 찍지 않은 몸 핏기 없는 달덩이 싸매고 사라지는 젊
은 부부 중요한 건 여담 아기바구니까지 차비 들 일 없다

　마을의 모든 소가 구덩이를 향해 가고 구름을 보기 전
에 폭우가 내리던 날 오오 보드라운 머릿결은 허벅지 사이
에서 나타났다 사라졌다 다시

　목숨을 걸 만큼 재밌는 게 없을까 저건 뭘까 강물 속으
로 걸어 들어간다

　강 너머 흰 원 안으로 빨려 들어가는 둥그런 거

너의 스파이

창가에 꽃 시드네
내 창가에 꽃들은 시들고 향초가 꺼지지 않네
느슨히 잠 자는데

우산이 있었네
문 앞에 있었지

멈추는 발소리
문 앞에 찬 빵 두 덩이
문 앞에 젖은 비닐 안에 젖은 바구니 안에 젖은 아기
울지 않는 아기
내 젖은 넘치는데

네 편지는 향초처럼 나를 태우고 갔나
이 나라 말을 나는 모르는데
난 정말 언제 깰지 모르는데

현실에 거리를 둡니다 태생적 태도죠 카드를 갱신하지
않고 환기의 필요성도 몰라요 누군가 문을 두드릴 때마다 나는 안대를 고쳐 쓰고 다시 잡니다 내 창가로 피부 없는 사람이 기웃하거나 발코니에 태양이 매달려도 내 박동은 기계적으로 뛰거든요 안심하세요 청소기 안의 내 각질과 머리카락처럼 나는 가만히 있어요 잠복기만 계속될 겁니다 임무 실행일 같은 건 음력 날짜 맞추듯 찾아보기 귀찮아요 아무리 구체적이어도 나는 내 꿈이 보낸 스파이 특기는 머리 가로젓기 끝까지 헷갈리며 혼동하기

행복한 음악

몽트뢰유에 있는 한식당 테라스에서 우리는 아래를 보고 있었다
저녁이 와도 거리의 흑인 소녀들은 집으로 가지 않았다
행복한 사람은 없었다
북역(北驛)에서 온 사내가 소녀의 손을 끌고 골목 안으로 사라졌다
우리는 그 시간을 기다리고 있었다 부모가 올 때까지 맡아 두었으니까

지나가던 이가 우리를 향해 손을 흔들었다 우리는 웃으며 서양 남자들의 체취와 엉덩이에 관해 말하다가 담배를 꺼냈다
성냥은 젖어 있었다
행복한 사람은 없었다 부자거나 잠시 기분 좋거나 웃을 뿐

네가 온다니까 내 애인이 좋아하더라
예쁜 친구를 애인에게 소개하는 것처럼 인천을 말하기도 그런지

가엘(Gaëlle)은 그 바닷가에서 태어나 한국 나이로 세 살 때 입양되어 왔다
지금은 로맹 롤랑 도서관 사서로 일한다

우리는 웃지 않고 한국에 관해 한국어가 아닌 말로 말했다 태어났으나 가 보지 못한 그곳의 기후와 쌀, 막걸리 등 끝없이 우리가 증오하지 않는 것들에 관해

나의 벗 나의 누이 가엘에게 보여 줄 것은 젖은 종이와 젖은 외투 속 성냥
꺼지지 않는 불꽃은 없다
부모도 벗들처럼 바뀌지만 아임 낫띵 그 사실은 변하지 않아

구석에는 튀니지에서 온 이민자가 기타를 치고 있었다
가엘과 나는 춤을 추지는 않았지만 입을 맞춘 후 아무 말도 하지 않았다
이 세상 어디에도 없는 행복한 음악이 아주 멀리 갔다

A4

얼굴을 가리려니 다리가 나오고 음부를 숨기자니 젖가
슴이 드러난다
　성적 흥분을 일으킬 의도가 아니다 그들이
　종이 한 장씩 던져 주며 체면을 구기지 말라니까
　규격에 맞게 재단하라니까

　나는 이 섬의 원주민 발가벗고 다닌다 잔치가 있는 날엔
조개 목걸이 하나 두르는 정도
　별안간 장군인지 개척자인지 그런 자가 온다는 이유로
　알몸 금지령이 내려졌다

　반달곰을 뒤쫓아 가다가 도열해 있는 사람들의 틈에서
　탱크와 지프가 지나가는 길가에서
　확실하지?
　얼른 가죽을 둘러썼다
　무례하다는 지적을 받았다
　이리 와 봐, 그걸 치마라고 둘렀어?
　피 흐르는 새끼 곰 가죽이라서 어쩔 수 없어요

환영의 표시로 손을 흔들 때
"저 호수 이름은 뭐니?"
"저리 가!"
그들은 저리가호수라고 썼다
몇 분 뒤에 나는 웃을 것이다
치마를 들어 얼굴을 가리고
공문서를 내려다보며 오줌 싼다

내 치마가 저기 걸려 있다[*]

아래층엔 북경마사지 그 아래층엔 송파부비만연구소 모
여 뭔가를 도모하는 집적 효과를 우정이라 혼돈하지 않고
　내 치마 얘기는 차차 하기로 하고
　차에서 내려 애견숍 옆의 애견수제간식숍으로 들어가는
남자 얘기를 해 볼까

너는 내 칼집이야 매일 밤 뭉툭하고 짧은 자지를 쑤셔
넣고 그게 죽어야 잠을 잔다는 사장님 얘기를 해 볼까
　베트남에서 와 발 마사지 가게에 취업한 소녀가 들려준
얘기는 사실일까

작업실로 구한 내 방은 고시원에 있고 벽 너머 마사지하
는 세 여자가 가구 딸린 단칸방에 산다 막 살지 말라고 내
가 한 소녀에게 충고했을 때 그녀는 이 나라 경찰도 좀도둑
같다고 했다

한 번도 내 손으로 꽃을 꺾은 적은 없지만 내 방 화병엔
예쁜 꽃다발이 있다 나는 차원이 다르고 나라면 간접적으
로 말할 수 있겠지만 그게 과연 좋은 태도일까

고시 공부하는 이웃은 없다 먼저 간 사람들은 뭐든 남겨 둔다 공중화장실 변기 뚜껑을 열고 미친 듯 소리를 질렀다 이 교양 없는 인간들아 반면에 그들은 반문했다 레버가 고장 났을 거라곤 왜 생각하지 못하니

마주쳐도 옆으로 비껴나지 않는 남자가 있다 그는 복도에 플라스틱 의자를 내놓고 앉아 발톱을 깎는다 나는 네방 난간에 내 치마가 걸렸다고 말하지 못한다

내가 입을 벌리면 여럿 죽을 거라고 말한 사람이 누구였더라 휴가 나온 군인이 자살한 지점에서 나는 나부끼는 치마를 올려다본다

* 프리다 칼로.

철수

1

나는 찌들었네

술과 마약, 돈, 섹스, 명예…… 다들 그렇지 않나?

이태원 클럽에서 곧바로 모텔로 옮겨 관계하는데

양수가 터졌어 나는 그년이 만삭인 줄 몰랐어

무척 취했거든

한국 여자치고는 글래머라 생각했지

2

그것은 포획 작전

그날 나는 속옷 차림으로 헬기를 탔지

외출 금지야

더 마시게

배를 버리고 탈출한 선장과 나를 동일시하여 괴로워한

다는 말은 아니네

네 패거리는 우쭐하나? 누가 우울한지 누가 더 외롭고

괴로운지 과시하지 마, 얼마만큼 실패했으며 슬퍼하는지 겨

뤄 봐야 뭐해

3

　나는 세상의 모든 보지 색깔과 모양이 궁금해서 강가의
거센 풀밭에 누워 어두워지기를 기다리지
　텃밭에 앉아 배추벌레를 잡는 심정으로
　열풍이 부는 자동판매기 앞이나 공중화장실보다 낫거든
　장비와 시설을 거두고 반성하는 척하지만 우리 부대는
물러날 계획 없어

4

　나는 아주 찌들었다네
　당신네들은 어떤가?
　공중화장실에 뿌려 대는 방향제 같은 비유에 비위가
상해
　주정꾼도 살인자도 시인이 될 수 있지 않아? 서점에서
누가 자네 시집을 집어 드는지 지켜보지 슬로우 슬로우 말
하는 속도광들 미니멀 미니멀 외치면서 큰 걸 붙잡잖아
　슬퍼하는 자는 복이 있다지만
　슬퍼하는 척 말고 술이나 들게
　자넨 개인적인 문제나 이익에 관심이 많지

쉽게 잊을 걸세

5
강에 떠오른 유방 같군 저 달 말고
부드러워
좀 움직여 봐
말마따나 계좌 이체가 안 되면
자본을 써야지 감정에 근력을 넣어 봐 버둥거리라는 말
이지
공감 능력을 발휘하라고

6
그렇지 낙담하는 게 좋아 울부짖어 봐야 죽을 때까지
그래 봐야
비웃음만 사지
차알스 말고 철수
내 이름 불러줘 좆이 서게 한국식 이름
우린 찌들었지만 지속적인 동맹

나선형 계단

그는 내 어깨 위로 팔을 둘렀다

"괜찮아, 네 실수가 아니야, 그 애가 피투성이가 된 건."

그는 나를 부축하여 나선형 계단을 올라갔다

우리의 작은 집은 도시 외곽에 있었고 거미줄이 많은 참나무 숲에 에워싸여 있었다

그는 매일 갑옷을 입고 출근했지만 온몸에 부상을 입은 채 돌아왔고 지난겨울엔 장시간의 수술을 받았다 퇴원하여 돌아오지 않았다

어젯밤 나는 오래된 거리의 오래된 집에서 잠을 이룰 수 없어 서성였다

비가 왔지만 온몸은 오븐 속 토끼처럼 뜨거웠다 나무가 울창한 정원에 한 소녀가 서있다

"나는 아무 데도 가지 않았어요."

소녀의 잠옷 아래로 드러난 발은 피투성이였다 나는 뛰어나가려고 했지만 내 다리는 쇠로 만든 기둥이 되어 밤새도록 흔들렸다

옷걸이

내 치마가 걸려 있다 저녁놀과 가로등 사이에

뺨에 눈물이 마르는 동안 흘러내렸나
비가 내렸고 나는 방화에서 내렸다 비비안 마이어를 읽
느라 화곡과 우장산을 지나왔다

저기 내 치마가 걸려 있다 유목민의 천막처럼 초가집 위
무지개보다 복잡하게

마리서사에 들러 읽던 책을 팔았다 골목을 돌아 나오다
가 공중화장실로 끌려갔다 큰 트럭에 나를 던져 넣었다 저
기 내 치마가 걸려 있다 막사와 막사 사이 산허리에 제8사
단 사령부와 고요한 사원 사이에

하루에 몇 번 했냐 임질이냐 너도 즐겼냐 친구가 물었다

내 치마는 장막으로 펼쳐지고 어두운 치마 속으로 벼락
치는 칼날, 총알들이 별처럼 총총 박혔다

월요일에는 기병대 화요일에는 공병대 하루도 빠짐없이
한순간도 쉬지 않고 군인들이 줄을 섰다 동네 한구석에서
일어난 일이라며 덮자고 했다 촌장이 돈을 받아 왔고 원한
을 품지 말라고 했다

여기 치마가 걸려 있다 암묵의 목장 새벽이슬과 밤안개
시체들이 흘러내리는 구덩이에 빌딩이라는 축사 플래카드
와 구름 사이에

나는 벌거벗은 얼개로 있다 인공관절인지 뼈에 사무치
지 않는다 가랑이를 벌리고 가부좌한 후손 같다 내 목을
꼬아 머리로 퀘스천 마크를 만든다 더듬더듬 문을 두드리
는 손 같다 갈고리인지

치렁치렁한 밤의 치마 아래 숲에서 내가 잠든 관 속으로
죽은 할머니가 힘찬 숨결을 불어넣는다
아 뜨거, 누가 우리 가랑이를 찢어 걸어 놓았나 벌건 노
을의 쇠막대기에

이날을 위한 마비

반응이 없다 비밀번호를 누르고 이것저것 눌러 대도 버튼 하나가 신호를 안 먹는다 나는 문 앞에 쭈그려 앉아 버튼이라든가 문이 감각을 회복할 때까지 기다려 본다 긴 복도 끝에 붉은 소화기가 있다 검은 노즐을 물고 물끄러미 나를 바라보는 것 같다

나는 나를 버텼다 잔뜩 긴장하여 한눈파는 척하다가 안전핀을 뽑으면 두려움의 고삐를 풀고 위험을 향해 뛰어들 것 같은 비장한 자세로

한 번도 사용하지 않은 것들을 생각한다 장독이라든가 요강, 흰 분말이 든 밀수품과 소화기, 열불이 나고 소화가 안 되는 것들, 가령 관장님의 호통, 아까 비평가가 그 책에 관해 한국 최고의 연애소설이라고 언급한 말 같은 거, 하나를 열려고 다른 건 뭉개 버리는 거

장례식장에서 밤을 샐걸 그랬다 한밤에 열쇠 수리공을 부르면 출장비가 더 비쌀 텐데 나는 디지털도어록 아래 붙어 있는 은색 딱지를 보고 전화를 했다 출장 수리하는 누

군가도 내가 고장 날 순간을 기다리는 건 아닐까

꽃이 장례식을 기다린 게 아닌데 비옷이 장마를 기다린
게 아닌데 자신만만하게 달려온 염장이 같은 열쇠 수리공
이 노련하게 본체를 뜯어내는 걸 보며 나는 입술을 실룩였
다 말을 할 때마다 일그러지던 안면 마비 환자를 생각했다
그녀는 마비 이후에 신을 만났다고 적었다

나는 신을 본다 한 번도 멀리 가지 않은 신발이 현관에
있다 구두 가게에서 발에 맞나 안 맞나 몇 발짝 걸어 본
게 전부인데 세상 맨 끝까지 가 본 척했다 나는 그 구두가
싫어졌다 베개까지 열세 걸음 나를 기다리는 부드러운 것
들이 미워졌다

인종차별

알아 나를 보는 거 알아
힐끔거리는 거
나도 가끔 내가 아름다운 거 알아
네 옆의 여자랑 다른 거 알아

나는 풀밭 위의 식사를 좋아하지 않는다

저 먼 맞은편에서 기회를 보는 거 알아 꾸밈없길 바라
는 거 알아 벌거벗은 채 엎드리길 바라는 거 알아 안다고
참고 기다리면 기적이 기저귀처럼 기념주화를 아시아 도
자기를 수집하는 거 알아 물고기가 생선으로 가는 시간을
알아 건져 올리는 척 건드리지 말라고 프라이팬 위로 나를
깨뜨리는 백발이 된 아기 수호천사가 있다는 말 알아 알거
든 나를 굽어살피는 심지어 어루만지려는

마들렌 먹으면서 나는 저수지에서 빠져 죽어 가는 사람
을 본다
섭리일까
사람을 구하고 죽는 이는 아름다울까

나의 수리공

거대한 타워크레인이 있다 수리공은 오지 않는다 머리 위로 먹구름 같은 기차가 지나간다 매시간 정각마다 범람하는 햇빛은 턱밑까지 흘러내린 눈물은 어떻게 사라지는가 우리는 밤의 늪에서 기어 나온 악어 떼처럼 공포를 모르고 가끔은 살아 있다고 착각한다

내가 무너질 때 풀숲은 우거지고 숲에서 끊어진 기찻길처럼 아무도 도착하지 않는다 이 마을에는 수리공이 없다 큰 트럭으로 실어 나른 시체 더미에서 꿈틀거리던 우리는 몇 발짝 움직이기도 전에 기억을 잊어버린다 망각은 강물에 손바닥을 묻는 것처럼 쉬웠다 나는 고문 후유증으로 감정이 풍부해졌지만 사용할 데가 없다

오늘 나는 형무소 취사장에서 나와 집단 분향소까지 갔다 학생들의 소풍이었다 서대문 앞에서 돌을 깼다 회향풀이 빽빽한 강둑에서 쇠를 두들기고 자른다 파이프와 철조망을 머리 높이 들었다가 놓았다 타워크레인은 백 년 전 놀이터처럼 부식했다 살아 있는 모든 사람들은 영정사진 속에서 웃는다

한 사람

여태 뭐 하고 있어? 개자식아, 네가 내 인생을 망치고 있어

통화하며 한 여자가 지나갔다

옆에 없어도
제 갈 길 유유히 지나갔어도
어떤 존재는 만인의 무게

웃는 얼굴을 보면 기분이 나빴다
심지어
모든 웃음소리를 저주한 적
영화관에 앉아
바바리안 사자 갈기쯤으로 뻐기는
모든 털을 혐오한 적
수염 기른 놈한테 당한 후의 증상

팥 때문에 양갱, 경단, 생일 밥, 붕어까지 싫어하는 조카를 쪼다로 볼 게 아니었다

공동체 없는 쓰레기가 되었다
한 사람이 적었다

퀘벡의 노파는 한 여자 때문에 남한을 사랑한다고 했다 "오직 한 사람으로 인해 살아갈 모든 의지를 갖는 이가 있다"고 내게 말했다 "생일 노래처럼 듣기 싫은 말이니? 널 괴롭히는 문제가 있으면 적어 봐 적어 보면 해결될 거야"

나는 생생하게 썼던 시를 지우는 사람 적을 고발하러 가다가 자살하는 관심 병사

대범한 달덩어리가 한밤을 잠식한다
한 존재가 적이자 구원자로 이 밤 내가 읽는 책에 있다

고요한 밤이다 평화롭다 피할 데 없는 피로감을 나는 평온함으로 착각한다 아니 절망감인가

공중뿌리

회오리가 자라기 시작했다
배꼽에서 나온 녹색 줄기가 매일매일 길어진다
줄기는 펄펄 내가 잠든 사이에 침대를 한 바퀴 돌아 벽
에 달라붙었다가 벽을 뚫고 나갔다
메마른 내 몸에서 뻗어 나간 것들이 쏟아진 신발 자루
의 도취한 낡은 구두처럼

나는 줄기를 잘랐다 식물이 아니라 축축한 꼬리 같다
방을 예약했다
연차를 내고 일주일을 예약했다
어떤 여자가 내 무거운 가방을 옮긴다

탯줄인지 밧줄인지 모를 줄기로 음식을 나누는 신성한
순간을 만들 수도 있겠다
로프 매듭을 묶어 하늘에 붙을 수도 있다
그러나 나는 바위처럼 가만히 앉아 녹색 줄기가 나를
칭칭 감도록 그대로 둔다
내가 끝나고 내가 시작되거나 내게 가까울수록 내가 아
닌 건 마찬가지

나는 나를 무수히 낳아 두고 최대의 공백기를 기다린다
벽에서 자라는 나무를 향해 손을 흔들고 창밖으로 내려
가는 아이들에게 키스를
슬리퍼로 배를 두드리며 최고의 슬럼프가 갱신되기를

생수를 배에 붓는다
죽을 때까지 갚아야 할 빚보다 많은 죽을 때까지 죽여
야 할 내 끝에 달린 것들
축적된 데이터와 인상학적 연구를 위해 줄을 끌어당겨
본다
내 말단은 한밤중의 묘지와 깊은 낮의 공터처럼 멀리 떨
어져 있지만 또 단숨에 닿아서

순번 대기표를 쥐고 이 아이를 어디서 뗄 수 있어요?
나는 식물학자에게 은행 직원에게 농구공을 든 난쟁이
에게 물어보는 것이다
사생아로 태어나 극빈하게 살다 간 무수한 사람들의 흉
내를

납 신발에 바위 배낭을 매고 물속으로 들어간 수많은
이들의 후견인처럼
기대 없는 긴 기도를 한다

고백을 가장한 열정적인 폭로를 하고 폭발 없이도 친화
력이 넘치는 나는 혼잣말을 혼자서는 하지 않는다
틴트를 바르고 앉아 소문을 트위터에 퍼트리는 녀석은
나의 다른 몸
비벼 주면 들짐승 근육 두뇌가 되는 녀석은 나와 같은
육체
국수를 사러 간 녀석이 돌아오지 않기를 붕붕거리는 꿀
벌 작은 모터 하늘에 불타는 깃털구름보다 많은 뿌리들

딴따라

한 모금 마시고 분다

나는 남의 잔치에 불고 치고 노래한다
음식을 얻어먹을 때도 있다

만국 의성어 혹은 잡음
원초는 뭐고 초월은 뭔가요

샛길로 샌다

마다가스카르 섬에서는 Taratantara가 역사로 번역되더
라도
거대한 히스토리 픽션과 필름을 사랑하지만
나는 불어 댄다 삐삐빼빼 삐익 끽

내 나발 긴 혓바닥

계속해서 좋은 일에 관여하지 않는다

예술과 직업

잠든 동안에도 완전히 자지 않는다
내릴 곳에서 귀신같이 깼으니

잘 지내라는 인사에서 잘은 잘못 같다
미안할 때도 정말을 붙이다니
여분의 무엇이 필요했나

선잠처럼 선삶을 살아
설익은 국수에 오일을 부었다
들라크루아가 드나들던 카페에는 뭐하러 갔나

남은 잠을 다 자려고 하면
코인 세탁방에도 가야 하는데
복도엔 한 남자가 앉아 있고 여자 남자 쭉 누워 있다
이들은 옆방에서 술 마시며 놀다가 방이 좁아 다 잘 수
없으니까
전철은 끊어졌으니까
쥐가 돌아다니던 복도에 신문지 깔고 잔다
모르는 이들의 숨소리는 비슷하다

우리는 웃는 동안에도 덜 삶은 국수를 씹듯 인상을 찌
푸리지만
조금 모자라게 살아 있지만
가끔은 새처럼 돌진한다

'예술과 직업'(Arts et Métiers)이라는 이름의 지하철역 앞
에서
신호등을 바라보았다

경찰들이 테러범을 찾고 있었다
나는 피했다 동시에 추격했다 상기된 채 팔을 내밀며 붙
잡아 봐
덜 살아 있었고 조금 죽었다
아름다움은 미진했으므로 완벽했다

3부
만약 착한 새가
있다면 노래하지
않을 테지

눈 오는 날

첫눈이라지만 먼지 같다 식당에서 나와 내리는 눈 맞는
다 눈발은 혼자 먹는 밥알처럼 무덤덤하다 무량사 10킬로
미터 표지판이 보인다 그곳에 가지 않을 것이다 춥지 않다
선물 받은 캐시미어 머플러가 있어 이루 헤아릴 수 없는
이 털들은 내 목덜미를 감싼다 몽골에 다녀온 친구는 산
양의 털을 직접 깎아 봤다고 했다 나는 그 울음소리를 묻
지 않았다 머리칼을 8년간 깎지 않았고 마음을 쏟지 않았
다 1년에 한두 번은 기계나 가위로 속을 솎아내야 했을까
이 나라가 좋아 웃은 적 없지만 울게 될까 봐 마음을 간수
하며 피부를 감쌌다 내 평온한 마음에 평원의 양은 혼자
서 풀을 뜯었다 혼자 잠을 잤다 숲에 숨어 산다는 소문이
돌았다 나는 양털 같은 파도가 밀려오는 해변을 상상했다
아무에게도 속마음을 주지 않아서 누군가의 체온도 필요
없이 양털은 잘 자랐다 눈 오는 밤에도 발목까지 8파운드
의 파자마 같은 털이 덮여 있었다 나는 내 털에 덮여 눈길
을 걸을 수 없었다 흰 털에 뒤덮여 내 눈동자는 보이지 않
았다 너무 오래 털을 깎아 주지 않아서 제 양털에 파묻힌
양처럼 내 마음을 베어 내지 않았다 나는 빠져나간 양의
털처럼 차분히 쏟아지는 눈 속에 하얗게 있다

비탄 없이 가난한

빛 하나 없이 가련한
비탄 없이 가난한
그런 이가 있을까

나는 진흙에서 나온 문어대가리
쭈글쭈글 뇌가 텅텅 비었는데

지나간다 친해지지 않으려고
내 손은 새를 놓치고 쥔 공기를 사랑한다

변두리에 있는 극장에서
한 컷에 40년 훌쩍

물을 주고 버린 화분같이 나에게는 잊어버릴 수준이
있고
흩어지던 밤거리의 꽃잎처럼 희고 사소한 봄밤이 있다

등나무 꽃이 만든 임시 천막 아래에서 아버지와 나는
수박을 먹고 있었다

수해 입은 마을은 음통만 남은 만종이었다

울음도 안 나올 지경에야 주민들은 공명했다

다시 아버지는 사소하게 결혼했는데 그때의 부친만큼 나는 약을 좋아하거나 머리칼이 빠지지 않았다

부계가 가짜 같다

김빠진 흑맥주 같은 밤이 좋아서

바람을 느끼려 선풍기를 끄는 이 시각에

지난 일이잖아 잊어

기억은 오물 빠지고 남은 시멘트 벽 기름 때

지금 여기를 말하는 사람들 속에서 오래된 잡화점 같은 나는 한꺼번에 사면 싸게 파는 약방에서 잡다한 약을 삼킨 것 같다

임시로 숨 쉬는 것 같아

옥상에서 가설 극장 카펫을 청소한다

하직

　새를 키웠다 내가 아주 어렸을 때 숲속에 버려졌을 때 그 새가 내 손등 위에 앉았다 처음엔 물방울인 줄 알았다

　그 새는 아주 작고 어렸다 사람들은 가만히 관찰하다가 매 새끼인지 독수리 새끼인지 알 수 없다고 했다 나는 신경 쓰지 않는 척했다

　스물한 살이 지났고 작별 인사를 하고도 무엇인지 모른다

　새장 대신에 실을 매달아 놓고 나는 끼적거렸고 새는 꾸룩거렸다 나는 새에게 자신을 모방하거나 비밀을 말하지 않겠다고 말했다

　살구나무는 자랐고 나는 실을 매달아 놓은 그 나무와 새의 희박한 다리 사이에서 갈등했다 어제는 새가 손등 위에서 내 손을 쪼았고 흰 눈 위에 피가 뚝뚝 떨어졌지만 나는 가만히 있었다

나는 새를 버린 적 있는데 그날 이삿짐 짐차로 낮게 날아와서 꽃삽처럼 내 심장을 아프게 했다 그는 내게 너무 많이 쓰지 말라고 했다

내 가슴에서 모든 꽃은 졌고 아주 어리고 키가 큰 살구나무 한 그루만 남아 있다 어리지만 태양만큼 커다랗고 노란 살구들이 달려 있다

그사이 내 동생은 죽었다 운명이 바뀐다고 하여 이름을 철주에서 승주로 바꾼 후에도 앓다가 떠난 후에도 그는 노래한다 실에 매달린 새처럼 살구나무 가지 사이에서

펜이나 종이에 긁힌 건데 흘러넘치는 새소리가

손이 닿지 않는 높은 가지에 매달려 있다가 새벽에 나가 보면 떨어져 깨져 있는 살구들 나는 요맘때마다 병을 앓고 더 이상 꺼내 놓으면 안 되는데 한여름 수십 개의 태양 아래 숨을 데가 없다

본능적으로

산란
회귀본능
키워드처럼 그런 말들을 했다

싱싱한 놈 맞죠?

강은 기니
헤엄쳐 가다 대부분 죽는다고도 했다

초밥 먹으며
신선한 연어 살을 입에 넣은 채

사람에게만 마음이 있는 걸까
모호해서 마음은
미음이나 미움이라고 적으려다가
실수로 만들어진 글자 같다

어떻게든 태어난 곳으로 돌아가는 것
중력 같은 그 법칙을 거스르지 않는 것

신비한 종족
본능이라면

회귀성이 먹고 자는 것처럼 자연스러운 거라면
나는 타고나지 못한 것 같다

기쁜 일에 기쁨을 약간 느낀다
챔픽스 먹었을 때처럼 종일 구토와 불안감에 사로잡힌다
끊지 못했던 감각도 본능도 쇠락해졌다

콜 센터로 연거푸 전화했다
임진강북부사업단까지 찾아가 면접 본 일이 잘 되었지만
그 기쁨은 이내 짜증으로 폭발한 것이다
아, e나라사랑아, 복잡하고 어려운 넌 누구를 사랑하여
태어난 시스템인가

세븐일레븐에서 일하는 나의 제자 말리카(Malika)
그녀는 투웬티원, 우즈베키스탄에서 왔다
비행기표 비싸지 않아도 고향 안 갔을 거예요

한가위 심야
저 애가 계산대 옆 상비약을 팔고
열한 가지 반찬이 든 도시락을 꺼내 온다

보기만 해도 배불리 체한 느낌을 우리는 나눌 수 있다
수면욕을 넘어서는 그리움처럼
본능을 희생하려는 본능 같은 거

편의점 창으로는 달이 없었지만
나오니까 만월

바람이 불고
나는 움직인다
한층 더 멀어지려고

생존자

우리는 다시 만날 수 있을 거야

그날 늦게
연안이 보이는 숲속에 해가 질 때
노을에 뺨을 맞대며
말했지 나는

지금 같다면
바로 지금 같다면

그리하여 그는
정장을 차려입고 시가 전차를 타고 와
매일같이 그녀의 단골 카페에서 기다렸을 것이다
가진 보석을 팔았을지 모르지

전혀 변하지 않았구려
하얀 수염의 사내가 더 늙은 여자의 손등을 만지고 있다
카페 마르코에서 나는
에스프레소 한 잔을 두고 그들을 본다

내가 기다리는 이는 오지 않고
늦은 저녁을 앞지르는 눈보라

우린 다시 만나게 될 거야
뱉은 말에

가장 청순했던 아가씨는 환청에 실신했던 밤들을 겪었고
상냥했던 심장의 창이 무너져 절망을 위한 노래마저 접
었던 날도 있었으리라
그리하여 지금
과거의 한순간이 지금이어서
광기의 시계는 그날에 맞춰졌다

오, 나는 바로 지금조차 배겨 내질 못하는데
대부분의 지금은 방금으로 끝나는데

바로 내 곁에서 숨을 거두고 묻힌 사람들처럼
시간을 멈추어 가만히 영원으로 순간을 만드는 늙은 연
인이여

바로 지금 차 한 잔 더 주문하는 나는 살아 있는가

사랑을 떠나 종전을 만들었으니

불과 천 일 하고 하루 만에 부리나케 불타던 창문을 잊
었으니

눈먼 여자였다가

"나를 전에 본 적 있소?"
"본 적이 없는데요."
"그러면 나인 것을 어떻게 알았소?"
──아이드리스 샤

만약 착한 새가 있다면 노래하지 않을 테지

흙탕물 튀듯 움트는 소리
나무가 대지로부터 물기를 빨아올리는 소리
뜨겁게 데인 바위가 뱀을 부르는 소리
무덤 너머로 햇빛이 고동치는 관목 숲으로 우리는 건
는다
축축한 귀로 당신을 본다
구름이 열악하게 흘러가는 소리
구름 하나 없는 하늘에 무한하게 별들이 뜨는 소리

동그라미 그리는 매가 노래할까요
선한 새가 있다면 노래하지 않을 거예요
너는 참 착하구나 당신이 내 팬티 사이로 손가락 넣을 때
무너지는 사원도 날아가는 풀잎도 그 방향이 명징해질 때

불현듯 개안

진리에 가까이 다가가는 기분
단적으로 말하자면 단적으로 보였다는 거
평원을 향해 나아가고 있었다
내가 노래방에 갔기 때문에
더 이상 풀잎은 노래하지 않았다 아름답다면
먼지 더미를 발판으로 여러 겹으로 무지개

쥐가 파먹는 자루처럼 소리로 애무하는 게 좋았던 적도
있었지만
소묘를 시작한 화가처럼 이 지점에서 화가 난다
표현에 극도의 과잉을 느낀다 너무 많이 보인다
다시

눈으로 회상하면서부터 내 귀는 녹슨 철로
빛의 과잉이 귓바퀴를 부식시켰다

파견지에서

정해진 데가 아닌 곳에서 일합니다 바쁘지만 임무는 몰라요 난간을 잡으라면 잡고 천장에 붙으라면 붙습니다 정전기 나는 섬유처럼 저항하지 않아요

누군가 말을 걸지 않으면 아무 말도 하지 않아요 나는 슬로베니아어를 할 줄 몰라요 3개월마다 재계약해야 하는데 순조로이 갱신할 수 있을지 잘릴지 알 수 없어요

나를 파견한 기관도 나를 잊은 것 같아요 당직 교대를 해야 하는데 신입사원이 오지 않아요

이 땅의 인생은 재미없다는 스포일러를 읽었지만 교통비는 자체 부담해야 한다는 참고사항을 들었지만 어차피 나는 지상의 기간제 파견 근로자라서 비와 눈과 햇살처럼 사라질 거라서

비가 오면 빗속에 발정제라도 든 것처럼 사람들이 쭉쭉거리는 세상을 떠나왔어요 흰 속옷은 더 희게 삶아야 직성이 풀리는 사람들의 마을을 지나 뭔가 모자랄 때마다 모

든 사람, 모든 음악, 세상의 모든, 이런 식으로 말하는 친구
들과 작별했어요

그러나 아시다시피 여기도 마찬가지예요 햇살이 청산가
리인지 슈거파우더인지 구별이 가지 않지만 납 가루마냥
떨어지는 눈이 오면 병적인 지하 사람들과 춤을 춥니다

일지를 다 채우면 돌아갈게요 나를 파견한 기관에서 연
락 오면 돌아갈 거라고요 그러니 오가는 건 내 의도가 아
니란 뜻입니다 시한부 인생이지만 돈 내고 자고 가기엔 그
곳은 내 집과 너무 가까워요

나는 피란(Piran)에 있는 광장에서 일하고 있어요 죽은
작곡가의 동상을 만드는데 귀가 멀어서 세상이 조용해요
해안에서는 여자들이 브라 버닝 퍼포먼스를 하고 있어요
나는 이념도 나라도 없어요

예전엔 가방이 비었을 때 어깨가 제일 무거웠는데 이젠
빈손이 가장 가벼워요 이곳이 아닌 곳에서 일할 거예요 오

직, 오로지, 유일무이 안 믿어요 나는 교체될 행운아 거기
가 어디인지 알 수 없지만 나를 고용한 사람을 만나면 이
직을 신청할 거랍니다

　내일은 화단과 화장실 청소를 할 거예요 할머니는 공중
화장실에서 넘어져 돌아가셨죠 갈게요 질서 없는 죽음에
미끄러져 몇 분 동안 바둥거리기 전에 성큼 비와 눈과 햇
살이 쏟아지는 바다 한복판으로 간다고요 누런 내의를 펼
쳐 돛 올리고 갈게요 태풍 치는 곳에서 기다려 줘요

직면

처음엔 한사코 입을 열지 않는다
카메라를 피한다
알제리에서 온 젊은 여자 아미나(Amina)
2년 넘게 노숙하고 있지만
이곳을 떠날 의사가 없다
다시 찾아간 늦가을 저녁 철로 변에 그녀가 누워있다
이리 나와 봐
네가 들어와
이불 안은 더럽고 따뜻하다
지하철 환풍기 위에 자리를 잡아 열기가 이불을 데운다
히잡 두르기가 싫었어 여자지만 학교에 다니고 싶었고
고향에서 도망쳐 와 불법 체류자로
왜 나는 조금 일찍 출발하지 못했을까
아미나는 자기 의지로 왔다고 하고
딱히 몰아낸 이를 댈 수는 없지만 난 내쫓긴 것 같은데
누구도 빵을 던지지는 않는다
가벼운 지구를 업고
우리는 휘청거리는 행인을 본다

창가에서

수돗물을 마신다 불도 냉장고도 없다 나는 식료품을 창
문 밖 선반에 가지런히 놓아 둔다 날이 더 추워지면 냉동
실로 바뀌겠지 나의 그랜드 냉장고는 모서리가 북극 오로
라에 닿아 있다

새와 고양이로부터 나의 물고기를 지키려고 내가 창가
에 있는 건 아니다

나는 수돗물을 마신다 흙과 물에서 내가 생겨났을까

마주 보이는 건물은 낡아서 무너질 것 같은데 집을 버리
고 모두 떠났을 것 같은데
조금 전 한 개의 창문에 불이 켜졌다

나는 육체를 만지듯 요리책을 쥐고 최소한의 재료로 만
들 수 있는 관능적인 음식을 만들 것이다 우습게도 달걀을
손바닥에 놓고 왜 너는 폭발하지 않는 거니 묻는 거와 뭐
가 다른가

그리하여 나는 수돗물을 마시다 뿜고 저렴한 와인을 찾으려는 거다 맞은편에서 무너질 건물에서 붉은 머리칼인지 회색 머리칼인지 구별할 수 없는 사람이 창문을 열었을 때

작은 새가 경쾌하게 울며 내 창가로 날아왔을 때

나는 음산한 냉기의 저녁 시간을 아침부터 살았음을 안다 그리고 오래전부터 창가에 있었을 화분을 처음으로 바라본다

사람이 살고 있다는 뜻이다 창가 난간에 대체로 붉은 꽃을 피운 화분이 놓여 있다는 것은 그 안에 누가 산다는 입증이라고 들은 적 있다 맞은편 저 방 안에 등이 굽은 은발의 가련한 이가 혼자 저녁을 먹고 있을 거다

나는 창가에서 빵에 빨간 피망을 쑤셔 넣고 수돗물을 마신다 화분처럼 위태롭게

육체 시계

내 마음은 복강 내에 있다 비정하게 사라질 때도 있다 나는 장사치들이 실어 나르는 배에서 연장을 쥔 채 가위눌렸다 나의 등대지기는 등대를 향해 걸어가다가 방파제로 불어닥친 잠의 소용돌이에 휩싸였고 내 늙은 종지기는 종탑 위에서 청동 같은 깊은 잠에 갇혔다 대낮이었다

사각의 흰 방이다 벽마다 시계가 걸려 있다 내가 없었던 긴 시간 동안 1초도 죽지 않았다 먼지보다 많은 시계들이 방바닥에 가득하다 나는 시계 사이에서 되직한 황토색 수프에 숟가락을 꽂아 젓다가 잠들었다 약속들이 깨졌고 몇 번의 일몰이 있었는지 모른다

안녕하세요 나는 여섯 시간 후에 살았던 사람입니다 이 세계와 잘 맞아 돌아가는 자로 살았죠 부적응자는 아니었다는 말입니다 이보게 의식을 가져야지 자네 일은 언제 하려고 이러나 그따위 시차 문제는 한나절만 안 자면 해결되는 거잖아

세탁기 속에서 돌아가는 신들이 있다 내 모든 옷들이

돌아가고 떨어지는 걸 세탁기 앞에서 본다 나는 가장 깨끗
한 작업복을 입고 잠든다 일몰에 깨어도 뛰쳐나갈 수 있게

나는 이 사회와 엉겨 붙어 비교적 잘 돌아갔던 사람이
었고 탄식보다 아부에 빨랐다 대체로 시간을 잘 지켰다 시
차 문제가 생겨도 졸면서 회식하고 노래도 불렀다 이번에
는 안 맞아 떨어진다 내 몸이 사절한다 모든 시계에 알람
을 맞추고 가슴을 쳐도 내 육신이라는 시계공은 팔짱을
끼고 고뇌한다 두통과 불면을 부르고 구역질하며 소화를
거부한다

나는 작업복 입고 잠을 잔다 내가 가진 가장 깨끗한 옷
지금 자면 언제 깰지 알 수 없지만 못 깨더라도 복장은 깨
끗하게 남을 놀래키거나 극적인 상황을 싫어한다 내 복부
의 사유는 나의 인식인가 더 없이 세상과 어긋난들 벽시계
를 육체 시계에 맞추어 본다

그리다 만 여자

안개에 외투가 젖었습니다. 여태 몰랐어요. 안개로 축축
해진 아스팔트 옆으로 샛길이 있어 그 숲으로 접어들었습
니다. 사이프러스 사이를 걷다 보니 공동묘지가 나왔습니
다. 돌멩이 하나 주워 주머니에 넣었지요. 묘비를 따라 걸
으며 내가 아는 죽은 이들을 불러 보았어요. 셀 수 없이
많아요. 사이프러스 사이로 사람 같은 이들이 걸어 다니지
만 죽어서까지 자기 무덤 근처를 얼씬거리는 자는 없을 거
예요. 나는 그리다 만 여자를 찾고 있답니다.

젠장, 온종일 짙은 안개로 앞을 더듬는 붓끝조차 보이
지 않을 줄 몰랐어요. 아직 미완성인 그녀를 찾는 동안 안
개에 쥐 꼴로 젖을 줄 몰랐어요. 나는 나무처럼 습기나 열
기에 약합니다. 두 번도 세 번도 아홉 번도 처음 죽는 기
분이죠.

젖은 땅, 젖은 묘비, 젖은 숲입니다. 이러려면 비나 오지.
셀 수 없이 젖었지만 매번 차가움은 처음이에요. 똑같은
돌멩이는 없어요. 지나가는 새가 가지 사이를 지나가고 검
은 빛은 직진하여 내 심장을 통과합니다. 무지개를 보려고

비를 기다리는 건 아니에요.

젖으면서 불가해하게 부푸는 세계가 있습니다. 내 눈은 젖었을 때 가장 잘 보여요. 내 기저귀 갈던 여자가 나를 어르며 말하죠. 네가 자라면 나를 이해할 수 있을 때가 올 거다. 나는 충분히 죽었지만 아직 이해불가라서

새벽안개가 밤까지 가겠는걸, 축축한 아스팔트 위에서 난 그녀를 놓쳤습니다. 이런 날엔 전조등이 있으나 마나죠. 내 여정에 불쑥 나타났던 그녀가 다친 사슴처럼 달아났어요. 아, 당신은 정말 살아 숨 쉬는 것 같군. 혹시 그 여자 못 봤소? 숲길이 미끄러워, 멀리 가진 못했을 텐데. 눈앞에 있다 해도, 안개가 이토록 자욱하지 않더라도 찾을 수 없겠지만.

젖은 길, 젖은 묘지, 젖은 숲, 난 언제나 젖은 종이 위에 그림을 그립니다. 가끔 근처 풍경에 붓을 놀려야 하지만 난 초상과 대결하죠. 죽은 이가 찾아와도 생생하게 드로잉해 줍니다. 그들은 바로 여기나 지금 이 순간이란 말을 좋아하

고 매 순간 살아 있다고 믿죠. 최근엔 나도 헌신이니 신성
이니 하는 데 관심이 생겼어요. 그래선지 친구들은 내 화
풍이 무척 밝아졌다고들 해요.

한잔 걸치고 싶네요. 언덕 너머 포도밭 길 따라가면 와
이너리가 나오겠죠. 백포도주 창고가 있을 거예요. 포도 줄
기만 남은 포도밭을 따라가면 신선하고 다디단 포도주 넘
치는 아름다운 농가가 있을 거라고 믿는 걸 보면 아직 이
정표에 덜 속았다는 거죠. 몇 그루 사이프러스 따라와 공
동묘지를 만난 것처럼. 하지만 한번 본 그녀한테 난 눈멀어
수백 년 전부터 찾고 있어요. 묘비나 광장을 맴도는 사람
같은 유령들과 함께.

나의 악기가 되어 줄래

장은 금발의 장발, 뮤지션이다. 그의 아내가 친정 간 사이, 나는 그의 집에 놀러 왔다. 리옹에 가는 대신, 교외선을 타고.

악기 박물관처럼 거의 모든 악기가 다 있다. 물을 묻혀 관 표면을 문지르면 소리를 내는 전자피아노 모양의 악기, 아프리카에서 가져온 악기는 통소 크기의 열 배라서 의자 위에 서서 불어야 했다.

그가 나를 안고 의자에서 내려 준다, 이럴 필요가 없는데.
— 나를 민다, 진노랑 해바라기가 그려진 벽으로. 내게 광적으로 키스하고
티셔츠를 벗어던지며……

대충 이렇게 흘러가야 하지 않을까

발소리 들려 뒤돌아보니, 백인들, 연주회에 초대받은 사람들

일시 2015년 7월 23일 오후 5시

나는 조금 일찍 와서 가든파티를 준비하겠다고 했던가?
그럴 필요가 없었는데, 필요 없이 위장에서 사랑이 솟아
나서. 왕실 사냥터에서 멀지 않은 여기, 총에 맞든 총애를
받든 모여들어 음악을 나누는 그룹의 작은 연주회에 오게
된 것.

　나와 더불어 숲으로 밀밭으로 가는 이 없고
　벅차게 숨을 밀실도 없는 여기서

　필요 없는 외로움, 필요 없는 여행, 필요 없는 음악……
이런 것들이 값싼 잠자리보다 나를 더 매혹시킨다. 내가
큰 강과 토지와 신선한 공기를 소유했으므로.

　시를 쓸 수 있는 곳이면 그곳은 나의 영지, 라고 이렇게
대충 쓰며 나는 흘러갈 듯

　주머니에 손을 찌른 채 나는 크리스토퍼 장과 패밀리의

연주를 듣고 있다.

　이들은 나를 사랑하지도 않고, 위장을 채워 주지도 않은 채, 가사를 적어 달라고 한다.

우연히 이곳에서

짖는 개는 오랜만에 본다고 네가 말했을 때
정오가 지났다
나는 무릎을 티셔츠 안에 세우고 침 없는 회중시계를
들여다보았다
달방보다 작았다
초원으로 가서 게르에서 자 볼 거라던 네가 광장에 텐
트 치고 깃발을 양 떼처럼 지킨다
너의 개는 성대 수술을 했지만 안 들리게 짖고 사흘째
혼자 집에 있다
그 앤 심심하고 좋겠다
할 일이 많은 것처럼 나는 일어났지만 갈 데가 없었다
행인과 버스를 통제하는 길을 둘러서 대형 서점에서 책
을 샀다
5년 전에 죽었지만 아무도 생사를 몰랐던 시인의 시집
을 들고 나올 때
앞에 나간 사람이 문을 잡아 줬다
인사하지 않았다
전철 자리를 양보하니 노인은 앉았다
괜찮다거나 고맙다고 하지 않았다

아직 나는 말하지 않아도 느낀다고 믿으므로

흰 옷의 수도사가 램프를 들고 지나가지는 않았지만

걸인이 내게 왔다

내게도 저럴 날이 멀지 않았다

누구보다 구부정히 앉을자리 살피며 조그맣게 짖을 지도 모른다

하지만 지금의 나는 나의 털을 쓰다듬을 때 기분 좋아지게 길들여졌다

나는 춤춘다

나는 춤춥니다
춤추기 시작했어요
파도가 파고드는 검은 모래 위에서
아름다운 눈발은 전조였죠
폭우 속에서

우선 가슴을 옮깁니다 마음이 아니라 말캉하고 뾰족한
바로 그 젖가슴 말입니다
사람들은 항상 너무 일찍 감정을 가지죠* 다음으로
들린 발을 뒤로 보내는 겁니다

뒷걸음질이 중요합니다 나는 아직 스텝을 다 알지 못하고
몸을 잘 가눌 줄도 몰라요
내 몸은 내가 지탱해야 합니다 허벅지와 허벅지가 스치
도록
발꿈치와 발꿈치가 스치도록 이동할 겁니다
모래에 뒤꿈치를 묻은 채 서 있지는 않을 거예요 멈춤과
정적을 좋아하지만
추종하지는 않아요 무한을 봐요 파도가 회오리는 치는

수평선 너머에 시선을 두는 겁니다 눈을 내리깔지 마
세요
당신이 오른쪽으로 움직일 때
나는 왼쪽으로 갑니다
당신이 당신 편에서 동쪽으로 갈 때 나는 나의 서편으
로 심장을 밀고 가요

가슴 맞대고 춤추는 겁니다
마주 보지만 얼굴을 살피지는 말자는 겁니다
바다 바깥으로 해변 밖으로 나가라는 방송이 거듭될
수록
서로의 어깨 깊숙이 손바닥을 붙이는 겁니다

이곳에 살기 위하여
피하고 흥분하고 싸우기도 하듯이
나는 춤추겠다는 겁니다
눈 감고 리듬을 느껴 봅니다

당신이라는 유령,
다가오는 죽음을 인정하고 포용하면서
매 순간의 나를 석방합니다
나는 춤을 춥니다

뒤로 가는 것처럼 보일 거예요

* 라이너 마리아 릴케, 『말테의 수기』.

4부
우리가 만난 날이
오늘이 아니라
내일이었으면

호명

당신이 부르시면
사랑스러운 당신의 음성이 내 귀에 들리면
한숨을 쉬며 나는 달아납니다

자꾸 말을 시켰죠
내 혀는 말랐는데

마당에서 키우던 개를 이웃집 개와 맞바꿉니다 그 개를
끌고 산으로 가 엄나무에 매달았어요 마당에는 커다란 솥
이 준비되었어요 버둥거리던 개가 도망칩니다

이리 와 이리 와
느릿한 톤 불확실한 리듬

어딘가 숨었을 개가 주인을 향해 달려갑니다 자신을 이
해하는 사람을 향해 사랑이라 믿는 걸까요 날 이해하는 사
람은 나를 묶어 버립니다 호명의 피 냄새가 납니다

개 주인은 그 개를 다시 흥분한 사람들에게 넘깁니다 이

번엔 맞아 죽을 때까지 지켜봅니다

　평상에서 서로 밀치고 당기는 사람들
　비어 가는 접시와 술잔
　빈 개집 앞에 마른 밥 몇 숟가락

　아버지는 나를 부르고 나는 지붕 위로 올라갑니다 옥
수수 밭 너머 신작로가 보입니다 흐르는 구름 너머 골짜
기 개구리 소리밖에 없습니다 나는 아무것도 동경하지 않
아요

　당신이 부르시면
　날개 달린 당신이 부르셔도

뼈 악기

우울한 음색의 여자는 손가락 마디를 꺾는다. 구 악절의 노래여, 철금 소리 휘파람 분다. 외롭거나 긴장할 때 몸은 찬 악기와 흡사해, 생상스는 「죽음의 무도」에 실로폰을 사용하여 달그락거리는 뼈를 환기시켰다고 한다. 생강 같은 소리, 악기를 감싼 붉은 가죽이 너덜너덜해진다. 완전한 결부는 없다. 긴 터널 빠져나와 햇빛 속으로 달리는 기차 안에서 오그라든 마음, 지팡이에 입맞춤하는 시간, 당신의 뼈로 나의 잔뼈들을 두드릴 시각이 다가온다.

연희동

의자 한 칸 높이면 보이는 전직 대통령의 집
뾰족한 울타리 너머 경호원의 모자

여기 자리 잡은 건
흘러온 퇴적물
축적되지 않는 구름과 연결된 기분

봐라! 구름다리가 어디 있냐고
엇갈리지 않는 낮과 밤
누가 불 좀 꺼 줘요
누군가는 보라고 하면 본다

나는 공동 주방에서 햄버거를 만들며
뉴스 본다 다만 볼 뿐 기와 귀는 막힌다
대부분 교화 프로그램 혹은 예능
수갑 차고 모자 푹 눌러쓴 내가 화면 밖으로 나온다

그날 재료 다 팔리면 문 닫는 식당 앞에서
새치기하다 덜미 잡힌 것처럼

이 나라 놀러 와서 구류 산다

성욕이 사라지고 도망칠 궁리하지 않게 된 후에도 생은 남아돌아

발 묶여 여기 있다 자유는 구름, 아니 구금 속에 있다

수두룩한 태양 아래 해바라기가 빛 고문을 즐기고

파라솔 피해 누워 나는 내장된 열 장치로 뜨겁고 적나라하다 아무도 오래 머물지 않고 아무도 음부가 없다

음모를 꾸미지 않고 저습지 향해 나아가거나 무얼 저지를 의사 없다

저 구름 모서리 천궁 철통 경계망 아직도 옥상 물탱크에 달빛을 모으는 사람들이 있다고 믿니?

소년 소녀들은 중년으로 수집되고 뚱뚱해지고

의자 한 칸 내리면 강의 달 아래 문턱

삽시간에 헤엄쳐 나갈 수 있지만 낚시하듯

편지를 쓴다 족쇄 없이는 불안한 사람의 소식

어쩔 수 없이 인질이 된 이방인처럼

움(Womb)

배가 가라앉은 후
치미는 것들
바다가 사라진 나의 콤퍼지션

와이어 푼다
유방이 떨어진다
손을 써야겠습니다
나는 난파선

내게 걸려서 목적을 잃네
맹목적으로 올라오는

당신이 내 눈을 바라보고, 당신이 나를 더 많이 바라볼
수록
　나는 강 너머 안부를 듣는 것처럼
　빨래를 문지르며 소리친다
　철조망에서 만나요

아무도 모르게 적이 된 심정

당신의 고통이 내게 이전처럼 오지 않은 밤
편지 매달아 띄운다는 풍선처럼
이 세상 모든 말이 거짓말이었으면

몽우리가 잡히는데요 왼쪽 가슴에
자세한 건
의사가 내 젖가슴에서 손을 뗄 때
깊고 컴컴한 선실에 갇혔네
해저에 움이 있었어

이렇게 쓰는 나는 우리들의 적
우리들이란 당신들 모두를 가리키는 거요
풍선 같은 소리

단지 이 나라에 방금 온 교환학생처럼 어리둥절
생사를 바꿀 수 없으니
핵심을 피한다

머리칼이 수면을 뚫고 하늘로 뻗어 가는 동안 나는

안심했다 직립하지 않았다
물속에서 꿈속에서 허우적거려야 겨우 숨 쉴 수 있었다

아무도 모르게 나 혼자만 탈출한 하루의 종말
난 왜 돌아가나
죽은 나의 방을 너는 치우지 않았나

마지막이에요
부라자 삼천 원
지나간다 점포
정리 후에도 거리에는 치미는 파도

푸드 트럭

나는 달린다 입 없는 가수를 위해 건반 위를 달린다 그
랜드피아노 다리가 세 개라는 걸 그끄제 안 초보 작곡가
빠담빠담이 불어로 심장 뛰는 소리라는 것도 처음 알았다
이런 걸 알려 주려고 짓는 건 아니다

지은 후에 눈물을 흘리지만 주로 나는 짓는다 곡을 안
지을 때는 국수를 삶고 마파두부를 만들고 옷을 짠다 욕
하며 창고를 헐었다 미소 지으며 그들은 나의 손을 묶었다
발을 하나씩 묶었다 고기들이 나를 먹었는데 내가 잘못한
줄 알았다

아직 죽지 않았어요 외치는 사람의 이마 위로 교교한 빛
이 흐를 때 나는 땀을 쏟으며 풀었다 저주를 퍼부으며 묶
인 손바닥을 밀어낼수록 기도하는 자세가 된다 짓다 보면
스스로를 구제할 수 있다는 듯이 몰고 간다 두부로 완전한
제방을 쌓아 그 제방 위를 폭풍우 치는 밤에

늪

지금은 햇살이 쏟아지지만
내일부터 영원히 캄캄하다
태풍이 덮친 거리는 잠재적인 땅이다
가라앉았던 시체들이 떠오른다

늪에 수은 같은 달빛 고이고
내 손바닥을 통과할 수도 있을 것 같은데
사람은 함부로 흐른다
수은처럼 부작용 있는 그녀를 사랑했다
천천히 달이 지고 누군가는 무릎을 꿇고 악어를 끌어올
린다

땅이 습하고 지반이 물렁물렁해 아이들의 시신을 묻을
수가 없다
나무판자나 콘크리트로 바닥을 만들어서 그 위에 시체
를 눕혀야 한다는 말도 떠돈다
나는 망각으로 살고 있으며 일부러 실어증을 앓았다

당신이 주먹을 내리치는 데는 이유가 없다

시신들이 썩어 가는 습지에서 달빛은 수은같이 흐르고
암흑기는 느끼기 쉬웠다
사람은 살기 위해 사지를 절단했으나 눈에 선하다고
한다
나는 이런 부작용으로 그를 사랑한다

우리는 숨어든 대저택에서 튀긴 악어를 먹고 인육을 버
렸다
정원 밖으로 나간다
아아, 돌이 부레옥잠이 잔디깎기 기계가 땅바닥이 꺼진
다 발 딛는 곳마다 허물어진다
나는 싱크홀 같은 사람의 눈 속으로 그 눈의 눈 속으로
들어간다
자신의 자세로 빠지거나 미쳐갔다
유독 미시시피강의 상류에서만 일어난 일은 아니었다

발코니

손바닥에 고인 물에는 별의 본질이 있다
사정의 이유였다 그날 밤
그는 태평스레 아래를 보다가 죽었다

책이든 하늘이든 한곳을 응시하는 이들은 위험했다 그가
오솔길이 나 있는 깊은 숲으로 스스로를 던진 후에도
마이 블러디 발렌타인 멤버들은 바닥만 쳐다보며 연주
했다

이후로 사람을 못 본 지 반백 년
가끔 이 마을의 왕이 말을 타고 아래로 지나가지만
나를 높은 암벽에 뚫린 작은 동굴쯤으로 안다
나는 독립적이다
집안을 모른다
비바람이 치면 나의 심장은 철제 난간처럼 두근거리지만
별 부스러기를 씻을 수 있어서 좋다

흰 새가 날아왔지만 그 새는 곧 검붉어졌다
나는 나무가 되어 새를 앉히고 검은 천사여

그렇게 불러 보고 싶은데
뭐가 이상하니?

검은 천사가 얽은 검은 얼굴로 말한다
괜찮아, 괴물아
우리는 사랑하고 우리는 악해

나는 검정 스웨터 같은 나무가 될 수 있을까
벌목꾼과 사냥꾼과 새의 왕이 지나간 오솔길을 본다
흔적만 본 그들의 길을 태평스레 조망하며

그리고 밤이 왔다
부러질 것 같은데 전망을 보여 줄 수 있을까
나는 나 자신 이상으로 나 자신이 되어 버렸다

괜찮아, 괴물아
목걸이를 던져 주면 가슴을 보여 주는 사람들이 올 거야
무너져도 괜찮아
우리는 감미롭게 슬퍼하고 우리는 악하다

무익한 천사

무릎이 없었다면 무엇을 안았을까 체온이 떨어지면서 비가 퍼붓는다 나는 혼자 입원하고 혼자 죽어 퇴원할 사람 옆으로 누워 쓴 글은 싣지 않는다 병마의 관할구역은 일평생이겠으나 한순간이 평생보다 길어서 나는 창가로 침상을 옮겨 달라고 했다 보이는 건 북쪽 가막살나무 숲

나는 종일 누워서 음탕하고 나태한 생각에 사로잡힌 신과 같았는데
엎어 놓은 밥그릇 아래 숨 막혀 죽은 벌레를 치우듯
나는 나를 관장하려 한다

천사가 왔다 학교가 너무 가까워서 매일 지각하던 친구 같다 어디선가 거의 무음에 가까운 채터링 로리 울음소리가 들렸다
"왜 이제 왔니? 찢어진 비닐봉지처럼 까마귀를 뒤집어쓰고, 이 변덕쟁이야"
"널 개량하고 괜찮은 걸 파종하자 가령 코르딜리네 씨앗 같은 거"
"그런데 어디서 왔어?"

"저 동산 죽은 나무에서 날아왔지"
"죽은 나무를 떠나도 되나?"

붉은 발의 천사는 언제나 어딘가 아팠으므로 한순간은 어둠 속에서만 살아 있는 내장같이 너무 길게 느껴졌다 나는 일부러 길게 쓴다 끊어서 너의 편의를 봐주고 싶지 않아 엎드려서 책을 보면 뒤에서 목을 길게 늘어뜨리고 거북이들이 들어왔지만 동시에 즐길 수 있었지만 철 모형에 구두를 끼우고 쾅쾅 망치로 쳐 대는 할아버지의 딸로 찾아가지 않는 신발처럼 많은 나날을 맨발의 천사로 살았다

"우리가 만난 날이 오늘이 아니라 내일이었으면 좋았을 텐데" 친구는 엘리베이터를 타고 갔다 엘살바도르 커피를 마시고 싶다 적도 부근으로 간다면 적기가 있을까 네가 재밌어할까 봐 얼른 끝내자 우리는 밤과 낮처럼 어긋나고 안녕 다음에 봐 너는 유월의 수국 동산으로 돌아가고 그러나 나는 병원 뒤에서 이월에 개장할 매화공원을 맴돌겠지

복면을 쓰고

사과를 깎다가 텔레비전 켠다
심심한 일요일 밤에
음악 버라이어티쇼 복면가왕이란다
희한한 가면 쓰고 등장한 가수가 노래한다

누굴까
내 속엔 내가 너무도 많아 당신의 쉴 곳 없네
내 속엔 헛된 바람들로

첫 토막만 들어도 알 수 있는 저 사람
사과 반쪽을 건네고 싶네
나머지 반도 나누고 싶다네

소백산 자락에서 수확했다는 이 붉고 새콤달콤할 사과
몇 알
훔쳐 온 사람처럼 어서 없애고 싶네

스타킹을 벗겼을 때 홍안이었다네
편의점 앞에서 그 청년과 마주쳤던가

언젠가 어디쯤에서 당신과 나 스치지 않았을까
태연히 토막 살인 현장검증 마친 살인자의 모자 밑으로
보이던 입매
나는 한입 가득 사과를 깨물고
싼 게 왜 싼지 이유를 알게 되고

세상이 다 아는 일
숨기는 게 없다고 속삭이는 복면을 쓰고
진심으로 사랑해 아양 떠는 숙녀의 스타킹을 둘러쓰고
나도 속아 넘어가는 내 비장의 마스크가 있다는 거
자꾸 쓰다 보면 살결로 내장으로 스민다는 거
마스크 쓰고 시위 현장에 가면 처벌 대상이 된다는 거

세상이 다 아는 노래
내 속엔 내가 너무도 많아서
방청객은 눈물을 흘린다

물에 안 지워지는 화장품이 얼마나 많은지
석고 팩은 부담스럽다는 거

윤나는 피부 복면일수록 속이 덜 비친다는 거

세상이 다 아는 거

홍옥 껍질 깎는 것처럼 일도 아닌 일

다 아는 걸 쓰고 있는 내 피부 아래 흰 장갑이여 앙상한
손가락이여

내 안에서 자꾸 최초인 것처럼 떨며 흔들리는 은사시나
무여 아니

노래 가사처럼 가시나무 가지인가

내 속엔 내가 너무도 많아서 당신의 편할 곳 없어서

내 바깥으로 튀어 나간

당신인가 나인가 안팎이 없는

어쨌든 결과 색이 나쁘지 않은 복면을 쓰고

습기 없는 슬픔

벽에 붙은 작은 사진들을 보며 걷다가 미로에 갇혔다
조용한 여름이었다
물이 천천히 떨어지기 시작했다

거짓말로 시작했다 나는 빈소에 있는 수많은 학생 사진
을 보며 발을 옮기다가 팽목항에 도착했다 들끓는 여름이
었다 흐르는 눈물을 멈출 수 없었다 이렇게 사실대로 바꾸
면 나는 다시 나의 절망과 죄책감을 더욱 견딜 수 없다 딴
청을 부리는

나의 맹목은 자유이고 말과 눈물이 말라 처진 젖처럼
처참해도 할 수 없다 지금 나는 생각이 안 날 때 하는 습
관대로 주먹을 꽉 쥐고는 두 주먹을 부딪쳐 뼈를 끼워 본
다 표정은 항상 어긋나며 조금은 남고 조금은 모자라다

못 알아듣던 아버지는 조금씩 말문도 닫으셨다 검사원
을 만났던 날에는 그의 질문에 어찌나 대답을 잘하시던지
참았던 오줌을 누기 시작하자 반 시간 동안 멈춰지지 않는
사람 같았다 아버지의 장애 등급을 올려 지원금 받으려던

기대는 수포

　사랑하는 사람들은 꼭 나에게 되돌아왔다
　떠나겠다는 말을 하려고
　깨끗하고 어둡게

　내 머리는 받아들이는데 발끝까지 신호가 안 가서 산스
크리트어를 외며 다리를 찢어 보는 밤
　우울한 여름이 가고 더 우울한 달이 등 뒤에서 목을 조
르는 밤의 월광
　내 마음은 온몸 구석구석 흩어져 있어서 혹은 없어서
슬프지가 않다

　감정은 내가 가진 전부지만 설명하려면 누추
　문을 연다 닫지는 않는다 저절로 곧 닫힐 거니까
　아버지, 이 돈이 전부예요 다음 달에도 드릴게요
　나는 시작은 잘한다 처음은 거짓말 같다

　나는 무에서 무를 창조하며 신보다 부자

혼자 먹고 자며 혼자서 걷는다
누리는 독보권
미로 같고 유형지 같은 한밤의 복도에서
얼마나 오래 울지 않았는지 헤아려 본다
사람과 입을 맞추지 않은 세월과 겹친다
안 해도 좋은 셈
안 하는 게 나은 말

그림자의 그림자

산책 중이었다 밤에 공원에서 버스커들의 공연을 봤다
어디선가 나의 노래를 듣고 있을 당신에게 이 노래를 보낸
다고 보컬이 말했다 조금 우스웠지만 조금 울고 싶었다는
말은 아니다 내가 감각하지 못하는 부위가 있다

악보 없이도 연주 가능하냐고 관객이 물었을 때 건반을
치는 소년이 겨드랑이를 부풀리며 아니라고 했다 스푼은
숟가락이 아니라고 말하는 것처럼 맞았다 귀를 기울이면
외계의 해적방송이 들릴 만큼 밤이 깊어 갔다

무대는 없는데 모두가 연극을 하고 있었다 모든 제도권
을 지양하는 표정으로 가로등을 조명으로 나는 중언부언
무심한 연기를 했다 가던 길을 돌아가거나 갈 길을 제대로
찾지 못하는 배역에 불만이 없었다 오전의 뉴스에서 카메
라를 보며 하숙집 아주머니는 말했다 그 학생이 범인일 리
가 없어요 평범하고 착하고 공부 잘하는

자전거를 타고 오던 애가 무대를 가로질러 갔다 큰 나무
에 부딪쳐 넘어졌다 그 순간 두 사람은 뛰어갔고 대부분의

인물들이 하고 있던 일에 집중하지 않았다 앵글과 그림이
무너졌다

잘 만든 것에는 야비한 냄새가 났고 하얀 것을 신봉하
는 이들을 부축하지 않았다 검정 나일론으로 짠 그림자가
여러 겹 있다 자신의 박스에서 초과된 마음이나 영(靈)이
라 불리는 그것 몇 스푼의 블루베리 시럽처럼 검고 푸르스
름한

나를 끄는 그림자는 빛이 없어도 있다 온몸에 분포되어
있다가 감정보다 먼저 출발한다 정수리에서 가슴 허리 허
벅지 핥고 발바닥 움푹한 곳에서 빠져나오는 난감하게 선
하게 나와 대치하는

하반기

책상과 나무 사이에서
머리를 헝클어뜨린 채
웃고 있다

한 삽만 더 파면 찾는다고
소년은 내게 인내를 요구했다

버려진 개의 부서진 마음으로

정원에 흙더미 열고 올라온 손가락

누군가 재능 없어도 인생에 실패하면 시를 쓰게 된다고
했다
지난번에 만든 작품 냄새가 났다
잘 닦지 않은 프라이팬처럼

어제는 한숨도 못 잤어
오늘은 자자

눈을 기다린다

이유는
맴돌 뿐

찾지 못했다
소멸 직전의 얼음의 의미
허물없는 친구의 무례

손바닥을 바닥에서 꺼낸다
머리끈을 끼워 둘 수 있게

보잘것없이 사라진다
가까워지고 싶은 이들이 있었으나
손을 맞잡고 한 걸음도 안 갔다

흠집 없는 고통을 향해

노량진

시체 몇 구가 하늘에 떠 있다

너는 내게 화난 사람처럼 보인다고 하고
진짜야
화나지 않았다고 나는 대답한다
너는 쓰러질 것 같아 보이는데 움츠리며 괜찮다고 한다

오답 노트를 잃어버렸어

지금이라도 제가 포기하면 여러 사람이 편할 텐데
하지만 이번이 마지막이니까
스물넷 수몰 직전의 기분으로 하는 말은 아니다
알지만 모르는 체하면서 나는 최소한의 내가 되었다
숨기는 일에 미숙하여서 다 표현하는 사람을 불신하는
건 아니다

대화를 이끌 새로운 화제는 떠오르지 않고
밀가루 음식을 많이 먹어서 부은 게 아니라고 너는 말
하지만 나는 주먹을 꼭 쥔다

뾰족하고 무른 망치가 될 것 같아서 주머니에 넣는다

우리의 뺨엔 골목길 벽보 뗀 자리처럼 진득한 자국이
있다
이 얼굴이 굳어 인상이 되고 개성이 된다고 해도
나는 이것을 팔아 피와 고기를 만들었다

가끔 하늘을 보지만 하늘은 나를 보지 않는다
모양은 달라졌으나 구름에는 언제나 죽은 이들과 함께
흐르려는 취지가 있다

네 방의 불이 꺼지기를 기다리면서
반지하에서 자라나는 기대와 좌절의 밀도를 나는 모른다
동정하지 않는다
어깨에 손을 얹을 일 없다
너는 잘 수 없어도 나는 돌아가 잠들 것이다

외따로 떨어지는 사람을 안도하여
나는 답을 못 썼다

그것이 정련 과정인 줄 알고 나아갔으나

　마모 한계선을 넘은 바퀴는 방향을 잃는다

　지난 생이 내 마지막 실감이었다는 걸 나만 모르는 것
같다

내 안-밖의 피투성이 소녀

김수이(문학평론가)

　어떤 구절은 아이가 쓰고, 어떤 구절은 어른이 쓴다. 어떤 구절은 "붉은 발의 천사"(「무익한 천사」)가 쓰고, 어떤 구절은 "조금 모자라게 살아 있"는 인간이 쓴다(「예술과 직업」). 어떤 구절은 "마주쳐도 옆으로 비껴나지 않는 남자"가 쓰고(「내 치마가 저기 걸려 있다」), 어떤 구절은 "거지 여자"인 "미친년"(「표류하는 흑발」)이 쓴다. 그리고 또 다른, 정체를 다 밝힐 수 없는 삶의 곳곳으로부터 온 시인들. 이들이 자유분방하게 난립하며 쓴 시구들은 이상하게도 땀과 눈물에 젖어 있고, 몇몇 문장은 피투성이가 된 채 널브러져 있다. 그 와중에 돌이킬 수 없이 어그러진 뼈의 관절들처럼, 여러 음역대로 갈라지는 목소리처럼 끊어지며 이어지는 존재와 삶의 맥락들. 서로 부딪쳐 괴로운 소리를 낸다.

"이 신음이 노래인 줄 모르고"(「간주곡」).

김이듬 시의 창작 과정을 스케치하면 대략 이런 풍경이 될 것이다. 다양한 인물들이 마찰하며 빚어내는 김이듬의 시는 금세 읽히지 않는다. 간단히 해석되지 않을뿐더러, 종종 적잖은 오독을 유발한다. 특히 억압된 내·외부의 여성들이 목소리를 높일 때 김이듬의 시는 오독을 불사하며, 방임하고 환영하기까지 한다. 왜곡된 성 의식을 의도적으로 부풀리고 비트는 발화들은 오독의 위험 속에서 시의 질료와 텍스트의 구조를 뒤흔들 아이러니의 힘을 품는다. 김이듬에게는 오독을 감수하는 모험을 통해서만 도달할 수 있는 시의 거침없고 솔직한 세계, 혹은 '시'라는 이름의 자유롭고 무애(无涯)한 세계에 대한 열망이 있다. 믿음을 함유한 이 열망은, 근본적으로 오기(誤記)와 오독(誤讀) 없이는 쓸 수도 읽을 수도 없는 이 세계와 '당신'과 '나'에 대한 연민으로부터 비롯된 것이다.

요컨대, 오기와 오독을 각오하며 쓰는 것은 시인의 기본자세이며 윤리이다. 김이듬은 오류의 필연 속에서도 '나'의 말들이 '당신'에게 온전히 다다를 우연한 가능성에 대한 꿈을 버리지 않는다. 아이러니의 기묘한 행로를 따라가면 하나의 언어로도 몇 개의 방향으로 나아갈 수 있고, 기존의 습속에서 벗어날 수 있으며, 이전에는 생각지 못한 곳에 이를 수 있다. 아이러니는 오기와 오독이 불가피한 인간의 세계에, 시(적)인(간)이 설치해 놓은 소통과 탈주의 장치이다. 미학과 성찰과 실험 등의 고도의 언어를 추구하는 시의 영토에서도, 언어를 통해 누리는 가능성은 언어를 통해 저지르는 오류와 분리될 수 없다. 사태의 본질을 정확히 관통할 수 없는 언어에는 언어의 태생적 한계 외에도 사회·문화적 굴절이 착종되어 있다. 이제는 거의 상식이 되었지만, 언어에 내장된 오류에는 젠더 이데올로기가 깊이 스며들어 있다. 젠더 프리즘에 갇힌 발화들은 그것을 그대로 옮겨 적는 것만으로도 문제적 상황을 연출한다. 김이듬은 '받아쓰기'의 전략이 젠더와 관련해 일으키는 각별한 파장을 잘 알고 있으며 효과적으로 그것을 활용해 왔다. 예컨대, "하루에 몇 번 했냐 임질이나 너도 즐겼냐 친구가 물었다"(「옷걸이」)라는 진술에서, '너'는 '-도'라는 부차적 존재를 상정하는 조사에 의해 '여성'을 강력히 지칭한다. 이 진술은 왜곡된 사회·문화적 기율에 기초한 '친구'의 말을 그대로 반복할 뿐이지만, 바로 그 반복에 의해 아이러니를 만들어 내면서 비판적 해석을 촉발한다. 김이듬의 시에서 아이러니는 같은 말을 다르거나 더 큰 범주 속에 위치시킴으로써 그 말과 그 말이 통용되는 세계에 균열을 가하는 기술이다. 김이듬이 오독을 불사하며 시를 쓰는 것, 일정 부분 오독되면서 읽히는 시의 운명을 승인하는 것은 모두 아이러니의 힘을 믿는 까닭이기도 하다.

뒤틀린 젠더의 말들을 아이러니로 교란하는 김이듬의 시는 세계의 잘못된 배치를 바꾸려는 소망을 피력한다. 알

다시피 김이듬은 현실의 폭력적인 메커니즘을 예민하게 포착하면서, (고착된) 오독에 (파열의) 오독으로 맞서는 동종 전략을 구사해 왔다. 이번 시집에서 그녀의 문제의식은 좀 더 복잡하고 내밀해졌다. 세계와 자신의 허위를 통렬히 질타하면서도 '대립'의 선을 분명히 그어 온 김이듬의 시들은 전보다 침착한 톤으로 발화되면서 자신의 내부를 향해 깊어지고 있다. 말과 대상의 어긋남을 통해 한 몸으로 두 길을 가는 아이러니 — 이 점에서 아이러니는 부작용함으로써 작용한다. 아이러니의 작용은 곧 부작용이다. — 는 이제 김이듬의 자기 인식에 더 깊이 관여한다. 김이듬은 오기와 오독 등의 부작용이 우리가 사는 세계를 지탱하는 구조물의 일부이며, 자신 또한 그에 편승하며 살아온 존재임을 거듭 성찰한다. 작용에 반하는, 혹은 작용을 벗어난 부작용이 필히 수반되는 '세계 만들기 및 유지하기 공정'은 지금 이 순간에도 진행 중에 있으며, '내'가 지금 여기 살아 있다는 것은 '나' 역시 세계의 공정에 어떤 식으로든 참여하고 있음을 의미하기 때문이다. "무대는 없는데 모두가 연극을 하고 있"고(「그림자의 그림자」), "사랑하지 않아도 우리는 누군가의 손바닥에 발을 올리"며(「각얼음」), "포옹인지 클린치인지 알 수 없"는 일들이 벌어지는(「밤의 거리에서 혼자」) 세계에서 부작용은 작용과 뚜렷이 구별되지 않은 채 세계의 작동에 관여한다. 그 속에서 "나는 이 세계와 잘 맞아 돌아가는 자로 살았"던 사람, "이 사회와 엉겨 붙어

비교적 잘 돌아갔던 사람"이다.(「육체 시계」) 부연하자면 '나'
는, "나도 불가피하게 사람"(「밤의 거리에서 혼자」)으로 살아
오면서 "덜 살아 있었고 조금 죽었"(「예술과 직업」)던 '부작
용하는 인간'이다.

> 사람의 꿈은 한층 더 사람으로 살다 죽는 것일까
>
> (······)
>
> 몇 번 죽어 보면 살아날 수 있다고 했지만 영원히 살 것 같
> 은 기분에 두려웠다
>
> ─「평범한 일생」에서

> 지금 여기를 말하는 사람들 속에서 오래된 잡화점 같은 나
> 는 한꺼번에 사면 싸게 파는 약방에서 잡다한 약을 삼킨 것
> 같다
>
> 임시로 숨 쉬는 것 같아
>
> ─「비탄 없이 가난한」에서

> 우리는 밤의 늪에서 기어 나온 악어 떼처럼 공포를 모르고
> 가끔은 살아 있다고 착각한다
>
> ─「나의 수리공」에서

"한층 더 사람으로 살다 죽는 것"이 "인간의 꿈"이라면,
그 꿈은 인간의 현재가 지닌 결핍을 정확히 반영한다. 지금

여기에서 '나'는 살아 있음에 미달하고, 죽었음에도 미달하며, 그저 "임시로 숨 쉬"고 있다. 부작용하는 인간과 부작용하는 삶을 견디는 '나'는 생명체에도 시체에도 미치지 못하는 기이한 존재, 이렇게 "영원히 살 것 같은 기분에 두려"운 분열적인 생존자이다. "오, 나는 바로 지금조차 배겨 내질 못하는데" "바로 지금 차 한 잔 더 주문하는 나는 살아 있는가"(「생존자」). 수시로 되묻는 '나'는 끝없이 태어나는 무수한 '나'의 분신들에 한결같이 "내가 아닌" 이질감을 느낀다.

　　내가 끝나고 내가 시작되거나 내게 가까울수록 내가 아닌
　건 마찬가지

　　나는 나를 무수히 낳아 두고 최대의 공백기를 기다린다
　　벽에서 자라는 나무를 향해 손을 흔들고 창밖으로 내려가
　는 아이들에게 키스를
　　슬리퍼로 배를 두드리며 최고의 슬럼프가 갱신되기를

　　생수를 배에 붓는다
　　죽을 때까지 갚아야 할 빚보다 죽을 때까지 죽여야 할 내
　끝에 달린 것들

　　　　　　　　　　　　　　　　　　—「공중뿌리」에서

지금 '나'는 "내가 아닌" '나'들이 모두 사라질 공백기를 기다리면서, '슬리퍼'와 유사한 음운 자질로 우스꽝스러운 비애를 자아내는 "최고의 슬럼프"를 겪는 중에 있다. 그렇다면 '내가 아닌 나'들의 공백기는 찾아오고 인생 최고의 슬럼프는 갱신될 것인가? 가능성은, "죽을 때까지 죽여야 할 내 끝에 달린 것들", 즉 '나'에게서 '공중뿌리'처럼 자라나는 부작용하는 존재와 삶에 달려 있다. 그런데 부작용이 중단되는 순간, 부작용을 통해 전개된 존재와 삶도 중단될 것을 짐작하기는 어렵지 않다. 김이듬의 희망사항에 대한 답은 이미 명백하다. 살아 있는 한, '내가 아닌 나'들이 소멸된 텅 빈 공백기는 찾아오지 않을 것이며, '나'의 슬럼프는 더 지독하게 갱신될 것이다. 이 법칙은 인간이 열렬히 추구하는 행위와 가치일수록 더 살뜰히 적용된다. 사랑이 대표적인 예다. '나'라는 존재와 삶을 제외하면, 인간에게 사랑만큼 부작용하는 것은 달리 없다. 부작용 없는 사랑은 불가능하며, 애초에 사랑은 존재와 삶의 부작용으로 인해 생겨난다. 부작용하는 '나'가 자신과 마찬가지로 부작용하는 타자를, '나'의 부작용 혹은 '나'라는 총체적인 부작용을 통해 사랑할 수밖에 없는 것이 인간의 사랑이다. 가령, 누군가는(어쩌면 '나'는) "수은처럼 부작용 있는 그녀를 사랑했"고, "나는 이런 부작용으로 그를 사랑한다".*

　　늪에 수은 같은 달빛 고이고

145

내 손바닥을 통과할 수도 있을 것 같은데
사람은 함부로 흐른다
수은처럼 부작용 있는 그녀를 사랑했다
천천히 달이 지고 누군가는 무릎을 꿇고 악어를 끌어올린다

땅이 습하고 지반이 물렁물렁해서 아이들의 시신을 묻을
수가 없다
나무판자나 콘크리트로 바닥을 만들어서 그 위에 시체를
눕혀야 한다는 말도 떠돈다
나는 망각으로 살고 있으며 일부러 실어증을 앓았다

당신이 주먹을 내리치는 데는 이유가 없다
시신들이 썩어 가는 습지에서 달빛은 수은같이 흐르고
암흑기는 느끼기 쉬웠다
사람은 살기 위해 사지를 절단했으나 눈에 선하다고 한다
나는 이런 부작용으로 그를 사랑한다

—「늪」에서

* 필자는 「다시 새로운 부작용의 시간이다 — 모두를 위한 페미니즘의 시
적 경로들」(『창작과비평』, 2017년, 여름)이라는 글에서 '부(副/不)작용'
에 생산적인 의미를 부여해 '부작용하는 존재와 삶과 사랑'의 문제를 다
룬 적이 있는데, 이후 해설을 쓰기 위해 받아 든 김이듬의 시집 원고 중
「늪」에서 "나는 이런 부작용으로 그를 사랑한다"라는 구절을 발견하고
놀랐다. 각자 다른 장르의 글쓰기를 통해 비슷한 지점을 통과하는 경험
은 기묘하고도 신선했다.

김이듬에게 부작용은 사랑의 보편적인 속성에 앞서, 그녀가 속한 현실에서 필사적으로 행하는 사랑의 극적인 형태를 뜻한다. 맹독성의 수은처럼 부작용 있는 인간을 사랑하고, "살기 위해 사지를 절단하"는 것과 같은 부작용으로 인간을 사랑하는 곳. 이곳은 시신이 썩어 가는 '늪'이다. 늪은, 땅이 습하고 물렁해 "아이들의 시신을 묻을 수가 없"는 곳, 즉 죽음을 온전히 수용할 수 없는 곳이다. 더 나쁜 소식은 늪이 '나'의 삶의 장소라는 데 있다. 늪에서 살기 위해 그동안 '나'는 죄의식을 '망각'으로, 두려움을 '실어증'으로 바꾸어야 했다. '늪'은 폭력과 죽음이 횡행하는 현실, 죽음도 삶도 안주할 수 없는 세계, 구체적으로는 세월호 이후의 한국 사회를 강하게 환기하는 알레고리다. 이 시집에서 세계와 존재와 사물 들이 대체로 '젖은' 이미지로 무겁게 그려지는 것은 '늪'의 알레고리와 맥락을 함께한다. "물 속에서 꿈속에서 허우적거려야 겨우 숨 쉴 수 있었다"(「움 Womb」). "젖으면서 불가해하게 부푸는 세계가 있습니다. 내 눈은 젖었을 때 가장 잘 보여요."(「그리다 만 여자」) "물에 뜬 책상 앞에서 물에 뜬 의자에 앉아 나는 장화에 담긴 물을 마시듯이 글자를 적는다"(「젖은 책」).

썩어 가는 습한 늪에서 사랑만이 온전하고 안전할 수는 없다. 늪의 현실을 돌파하기 위해 사랑은 부득이 극적이고 치명적인 것이 된다. "우리들을 사랑으로부터 구하소서"(「표류하는 흑발」). 김이듬이 인용하는 수잔 브로거의 말은 '사랑'에 대한 두려움과 회피의 바람을 호소하는데, 이 말은 정작 사랑에 대한 반어적인 열광으로 읽힌다. 그 심층적 의미는, 사랑의 주체도 대상도 이행도 부작용 없이는 불가한 늪의 세계에 대한 두려움이기 때문이다. 김이듬의 말 속에 단서들이 있다.

> 사소한 얘기로 시작했지만 사회 문제로 흘렀고
> 별생각 없이 펼쳤는데 모든 페이지가 끔찍한 스토리였다
> ─「마카롱」에서

> 우리는 감미롭게 슬퍼하고 우리는 악하다
> ─「발코니」에서

어떤 사소한 얘기도 공동체의 스토리와 별개일 수 없고, '우리'의 행위와 내면에는 양립해서는 안 될 것들이 공존한다. "모든 페이지가 끔찍한 스토리"인 사회에서 사적인 것은 공적인 것에 깊이 연루되어 있고, 슬픔의 카타르시스는 악을 정화하는 데 소용되지 못한다. 이것은 부작용일까, 작용일까? 부작용과 작용은 실제로는 나눌 수 없는 하나의 현상이 아닐까. 이번 시집에서 김이듬은 자신의 내면으로 침투해 들어갈수록 공동체의 문제에 직면하게 되는 아이러니를 경험한다. 김이듬이 세월호, 일본군 위안부, 한·미 동맹, 다문화, 비정규직, 청년 취업난 등 한국 사회의 심각한

현안들을 망라하는 장면들은, 그녀의 말처럼 처음부터 계획된 것은 아닐지라도, '나'와 '우리'의 이야기가 어떻게 연결되며 함께 쓰여야 하는지를 처절히 각성하게 한다.

월요일에는 기병대 화요일에는 공병대 하루도 빠짐없이 한순간도 쉬지 않고 군인들이 줄을 섰다 동네 한구석에서 일어난 일이라며 덮자고 했다 촌장이 돈을 받아 왔고 원한을 품지 말라고 했다

여기 치마가 걸려 있다 암묵의 목장 새벽이슬과 밤안개 시체들이 흘러내리는 구덩이에 빌딩이라는 축사 플래카드와 구름 사이에

나는 벌거벗은 얼개로 있다 인공관절인지 뼈에 사무치지 않는다 가랑이를 벌리고 가부좌한 후손 같다 내 목을 꼬아 머리로 퀘스천 마크를 만든다 더듬더듬 문을 두드리는 손 같다 갈고리인지

치렁치렁한 밤의 치마 아래 숲에서 내가 잠든 관 속으로 죽은 할머니가 힘찬 숨결을 불어 넣는다
아 뜨거, 누가 우리 가랑이를 찢어 걸어 놓았나 벌건 노을의 쇠막대기에

─「옷걸이」에서

149

그렇지 낙담하는 게 좋아 울부짖어 봐야 죽을 때까지 그래
봐야

비웃음만 사지

차알스 말고 철수

내 이름 불러 줘 좆이 서게 한국식 이름

우린 찌들었지만 지속적인 동맹

—「철수」에서

"여기 치마가 걸려 있다". "누가 우리 가랑이를 찢어 걸어
놓았나 벌건 노을의 쇠막대기에". 인용 부분에는 나와 있
지 않지만, 이 치마는 우리의 치마이자 "내 치마"이다. "우
리 가랑이를 찢어 걸어 놓"은 '치마'는 위안부의 참상과 나
라를 빼앗겼던 비극적인 역사를 압축하는 레토릭으로만
쓰이지 않는다. 찢긴 몸들과 역사의 조각인 '치마'는 "벌거
벗은 얼게", "인공 관절", "퀘스천 마크" 등으로 상징되는 현
재의 '나'의 미진한 실존을 강타하고, "시체들이 흘러내리는
구덩이"인 "빌딩의 축사"를 뒤덮고 있는 자본주의의 "치렁치
렁한 밤"을 폭로한다. "좆이 서게 한국식 이름" '철수(撤收)'
로 불러달라는 미군 병사 '차알스'의 요구가 불러일으키는
수치심과 분노는 또 어떤가. "얼굴을 가리려니 다리가 나오
고 음부를 숨기자니 젖가슴이 드러난다"는 김이듬의 도발
적인 탄식은 우리 사회와 공동체가 겪어 온 "끔찍한 스토
리"를 적나라하고도 적확하게 요약한 것이라고 할 수 있다.

단, 이 문장에 달려 있는 단호한 주석을 놓치지는 말아야 한다. "성적 흥분을 일으킬 의도가 아니다 그들이/ 종이 한 장씩 던져 주며 체면을 구기지 말라니까/ 규격에 맞게 재단하라니까"(「A4」).

다음의 시는 "모든 페이지가 끔찍한 스토리"로 채워진 세계에서 김이듬을 주인공으로 하는 "사소한 얘기"의 개인적 버전이다.

그는 내 어깨 위로 팔을 둘렀다

"괜찮아, 네 실수가 아니야, 그 애가 피투성이가 된 건."

그는 나를 부축하여 나선형 계단을 올라갔다

우리의 작은 집은 도시 외곽에 있었고 거미줄이 많은 참나무 숲에 에워싸여 있었다

그는 매일 갑옷을 입고 출근했지만 온몸에 부상을 입은 채 돌아왔고 지난겨울엔 장시간의 수술을 받았다 퇴원하여 돌아오지 않았다

어젯밤 나는 오래된 거리의 오래된 집에서 잠을 이룰 수 없어 서성였다

비가 왔지만 온몸은 오븐 속의 토끼처럼 뜨거웠다 나무가 울창한 정원에 한 소녀가 서있다

"나는 아무 데도 가지 않았어요"

소녀의 잠옷 아래로 드러난 발은 피투성이였다 나는 뛰어

나가려고 했지만 내 다리는 쇠로 만든 기둥이 되어 밤새도록
흔들렸다

——「나선형 계단」

'나'는 '그'의 부축을 받으며 '나선형 계단'을 올라가야
하는 집에서 살았다. 집은 도시의 외곽에 있었고, 숲에 에
워싸여 음습했다. '그'는 매일 갑옷을 입고 출근했고, 온몸
에 부상을 입어 큰 수술을 받고는 돌아오지 않았다. 집의
정원에는 발이 피투성이인 소녀가 서 있고, 소녀에게 뛰어
갈 수 없는 "내 다리는 쇠로 만든 기둥이 되어 밤새도록 흔
들렸다". 나선형 계단이 있는 집은 '나'의 어린 시절과 무의
식, '그'는 아버지, 소녀는 '나'의 내면의 아이(Inner child),
다리가 쇠로 만든 기둥으로 변한 '나'는 성년의 자아를 뜻
한다. 김이듬은 자신의 내면의 아이가 "피투성이 소녀"임을
고백한다. 사실, "모든 페이지가 끔찍한 스토리"인 세계의
도처에서 김이듬이 만나고 사랑해 온 사람들은 '피투성이
소녀'(를 품은 사람)들이었다. 부작용 있는 그/녀를, '나'의
부작용으로 사랑하는 것이 김이듬의 삶의 방식이고 시 쓰
기였음은 지금까지 이야기한 바와 같다. 사족이겠으나, '피
투성이 소녀'의 내면은 생물학적 여성의 경우에만 한정되
지 않는다. 김이듬은 젠더의 틀을 넘어 고통받는 모든 인간
에게서, 불행한 역사와 현재의 모든 폭력적인 사건들에서
'피투성이 소녀'의 그림자를 본다.

한편, 김이듬은 세계와 삶의 배치를 바꾸고 싶어하는 자신의 시 쓰기가 또 다른 부작용을 낳지는 않을까 경계한다. "하나를 열려고 다른 건 뭉개 버리는" 것은 아닌지(「이날을 위한 마비」), "너를 이용하여 가만히 편리해도 되는지"(「게릴라성 호우」), 그러다 "나 자신 이상으로 나 자신이 되어 버"리는 것은 아닌지(「발코니」) 염려하는 것이다. 김이듬은 자신의 삶과 시의 현재를 '춤추기'로 규정함으로써 여섯 번째 시집의 장정을 갈무리한다. 김이듬의 춤추기는 '가슴'(마음)보다 먼저 '젖가슴'(몸)을 옮기는 일이며, "이곳에 살기 위하여 피하고 흥분하고 싸우"는 것과 동등한 행동을 실천하는 일이다. 리듬을 느껴야 하고, 도래하는 '당신'과 '죽음'을 인정하고 포옹해야 한다. 앞으로 가는데도, "뒤로 가는 것처럼 보이"는 부작용이 있을 수 있다. 그렇게 '나'는 춤추고, "매순간의 나를 석방"한다. '나'의 안과 밖에서 평생 함께해 온 '피투성이 소녀'들도 함께.

우선 가슴을 옮깁니다 마음이 아니라 말캉하고 뾰족한
바로 그 젖가슴 말입니다
사람들은 항상 너무 일찍 감정을 가지죠 다음으로
들린 발을 뒤로 보내는 겁니다

(······)

이곳에 살기 위하여
피하고 흥분하고 싸우기도 하듯이
나는 춤추겠다는 겁니다
눈 감고 리듬을 느껴 봅니다

당신이라는 유령,
다가오는 죽음을 인정하고 포옹하면서
매 순간의 나를 석방합니다
나는 춤을 춥니다

뒤로 가는 것처럼 보일 거예요

─「나는 춤춘다」에서

지은이　　**김이듬**

진주에서 태어나 부산에서 성장했다.

2001년《포에지》에 시를 발표하면서 등단했다.

시집으로 『별 모양의 얼룩』, 『명랑하라 팜 파탈』,

『말할 수 없는 애인』, 『베를린, 달렘의 노래』, 『히스테리아』,

장편소설 『블러드 시스터즈』, 산문집 『디어 슬로베니아』,

『모든 국적의 친구』 등이 있다.

표류하는 흑발

1판 1쇄 펴냄　2017년 9월 22일

1판 7쇄 펴냄　2022년 9월 29일

지은이　김이듬

발행인　박근섭, 박상준

펴낸곳　(주)민음사

출판등록 1966. 5. 19. (제16-490호)

서울특별시 강남구 도산대로1길 62(신사동)

강남출판문화센터 5층 (06027)

대표전화 02-515-2000 / 팩시밀리 02-515-2007

www.minumsa.com

ISBN 978-89-374-0859-5 04810

　　　978-89-374-0802-1 (세트)

* 이 책은 경기도, 경기문화재단, 한국문화예술위원회의 문예진흥기금을
  보조받아 발간되었습니다.

* 잘못 만들어진 책은 구입처에서 교환해 드립니다.

민음의 시
목록